医師たちの独白

渡辺淳一

集英社文庫

目次

医師たちの独白

四月の風見鶏

一

毎年、四月の初めになると、私はかすかな不安に襲われる。

それは特別心配ごととか、不安といったはっきりしたものではない。ただなんとなく、こんなことをしていていいのかなあといった、漠然とした焦りのようなものである。

この心のざわめきは、ある時突然、なんの予告もなしに現われてくる。それはたとえば花曇りの午後、静まりかえった屋敷町の石塀に沿って歩いている時とか、南風が頬をかすめていく夜更けのこともある。

こんな時、私は無意識に、「どうしよう」とか、「帰ろうか」などとつぶやいている自分に気がついて驚く。

自分の横に、もう一人の自分が歩いているような錯覚にとらわれるのである。

鬱病ならともかく、そうでもない私が、花時の薄曇りのなかで、こんな不安にとらわれるのは奇妙である。皆が花に誘われ、浮かれ歩く季節に、一人だけ理由もない不安にかられるのは、精神の衛生にもよろしくない。

だがそうは思いながら、一方で、私はこの心のざわめきを楽しみ、懐かしんでいるようなところもある。

「また出てきたのか」と声をかけ、「今年はいつごろまで続くんだい？」と、自問自答する。

いつのまにか、四月の不安が私の季節感になり、友達になっているのである。

考えてみると、この心のざわめきがはっきり私に訪れるようになってから、もうかれこれ五、六年にもなろうか。

それがきまって花曇りの四月に訪れるのは、一つの理由からではないのかもしれない。小学校の時から何度となく迎えた新しい学級への不安、国家試験を控えた焦り、医局に入る時の怯《おび》えなど、さまざまなものがまじっているのかもしれない。だがそれ以上にはっきりしていることは、この季節に、私が三十数年間、住んでいた札幌を離れて、東京へ出てきたという事実である。

この時、私は長年勤めていた大学病院をやめて、単身で東京に出てきた。

もちろん、どこに勤めて、どうやって食べていくという当てもなかった。

東京は学生時代から幾度か来て、インターンの時に一年間もいたのだから、まったく未知の土地とはいえないが、ここで住み、生活していくという実感には乏しかった。

いつも来てすぐ帰るという旅人の眼《め》でしか、東京を見ていなかった。

それが今度だけは、ここに根をおろそうと思ったのである。はたして、小説など書いて食べていけるのか。皆目わからぬまま、ともかくここに住むより仕方がないと、覚悟をきめてきたのである。

故郷を捨てて、とか、雄志を抱いて、というのにはほど遠い、なんとなく行きがかり上、札幌にいたたまれず、東京へ出てくることになったまでのことである。

その時、私はすでに三十の半ばであった。

自分では納得していたつもりが、いざとなると怖気《おじけ》づいていた。

「これでいいのかなあ」という悔いと、「どうなるのだろう」という不安があった。

それが四月の花曇りのなかで揺れていた。

いまに残る四月の不安は、おそらくこの時の私の焦りと無縁ではありえない。

私が札幌を出るときめた時、周りの者がみな不思議がり、反対したのも無理はない。

間違いなく、それは私自身にとっても突飛なことであったのだ。

そのころ、私は札幌医科大学の整形外科の医師だった。すでに学位をとり、講師であったから、三十半ばにしては順調なほうだった。

あまり勉強もせず、怠け者だった私が、若くしてそんな地位につけたのは、優秀な先輩が医局を出たという幸運があったうえに、主任教授のK先生が、私をかいかぶってくれたからかもしれない。

このK先生は詩人で、金子光晴氏の高弟でもあった。すでに全国的にも名がとおり、札幌オリンピック讃歌、「虹と雪のバラード」の作詞者でもある。

私がこの先生の教室に入ったのには、特別の理由はない。

ただ、強いてあげれば、私は生来音痴で、歌うほうにはもちろん、聴くほうも自信がなかったので、聴診器をあまり必要としない科に行きたいと思ったのである。

そう考えると、まず外科系で、それなら詩人のK先生のところということになったのである。

「あの先生の下でなら、たまに小説ぐらい書いても文句はいわれないだろう」

そんな気軽な気持から整形外科に入ったのだが、結果はほぼ私の予想どおりであった。

K先生は私が「くりま」という同人雑誌に入り、ごくたまに小説を書いているらしいことは知っていたようだが、それについてはなにもいわなかった。

それより、自分の主宰されている「核」という雑誌を時たまくださって、「合評会があるから来てみないか」と誘ってくれた。

私は出席してみたい気持はあったのだが、どうにも詩は苦手であった。一度、校友会雑誌に変名で詩を発表したことがあったが、それはいまみても、つまらないものである。

ともかく、こうして整形外科の医師になったのだが、入局して六年経《た》った四十年の末に、私の「死化粧」という短篇が新潮同人雑誌賞を受け、それが芥川賞の候補になるという事件が起きた。

まったくこれは事件というのにふさわしかった。

この作品は「くりま」に私が三作目に発表したものだが、仲間が、「駄目でもともとだから、出すだけ出してみたら」といわれて応募したものである。

それが賞を受け、芥川賞候補になったのである。私自身、まるで狐につままれたような気持だった。

新潮同人雑誌賞のほうはともかく、芥川賞については医局の連中も知っていた。私がその賞の候補になったときくと、同期の一人が、

「へえ、芥川賞ってのはずいぶん簡単なものなんだなあ」といった。

実際には候補で、まだ賞はもらっていないのだが、たしかにそんな実感は私の周りの人達だけでなく、私自身にもあった。

結果はみんなの予想どおり落っこちた。

しかしそれにしてもあの時落選したのはよかったのか悪かったのか、あの時もし入っていたら、いまのような作家生活を続けていなかったことだけはほぼ推測がつく。

正直いって、そのころの私はまだ作家になるつもりはなかった。

ところで小説のほうはそれから二年の間、中央の雑誌に二作ほど発表し、それらは妙に確率がよく、二作とも直木賞の候補になったが、ともに落選した。

でもそんなおかげで、私には時たま東京の雑誌社から電話で小説の注文があった。もっともそれは、はっきりした締切りはなく、新人に対してどの編集者もいうであろう「いいものが書けたら送ってください」といった程度のものだった。

こんな状態だったから、私はまだまだ作家で食べていくなどという自信はなかった。医者のかたわら、年に一度ぐらい短篇を書くのが精一杯だと思っていた。

やはり、私がはっきりと作家で生きていくことを考えたのは、あの心臓移植という事件があってからである。

いや、その時も、私自身はまだそう心に決めていたわけではなかった。ただなんとなく、そうでもするより仕方がないな、と思ったまでのことである。

とにかくあの事件がなかったら、私はいまでも、北海道で医者をやっていたに違いない。

二

私の母校、札幌医大で心臓移植手術がおこなわれたのは、昭和四十三年の八月七日であった。

執刀者はいうまでもなく胸部外科の和田寿郎教授である。

「札幌医大で全国初の心臓移植おこなわれる」の第一報は、札幌から全国へ、そして全世界に拡《ひろ》まり、その後、まだ読者の記憶にも新しい、賛否両論の渦を巻き起した。

それはともかく、手術（というより事件といったほうが適切だが）がおこなわれた夜、私は札幌から車で二時間半離れた、大夕張《おおゆうばり》という炭礦《たんこう》病院に、出張で出かけていた。

丁度、昼食を終え、これから午後の診察でもはじめようかという時、事務の人が、「札幌から電話です」と呼びにきた。

新聞記者からだった。

私が事務室に行き、外線からの受話器を持った途端、

「今朝、札幌医大で心臓移植がおこなわれたのですが、ご存じですか」といってきた。

記者の声は早口で、電話からでも亢奮《こうふん》しているのがわかった。

むろん私は初耳である。

記者はいまのところ患者さんは元気で、手術は成功です、と告げたあと、「先生はこのことを予測していたのですね」といった。

これには理由があって、この半月前の七月の末に出た「オール讀物」の九月号に、私は「ダブル・ハート」という小説を発表していたのである。

この小説は、悪い心臓はそのままにして、さらに健全な心臓を他人から持ってきて植えるという、いわゆるダブル・ハート法で心臓移植をされた患者をめぐって医師と、心臓提供者の妻の心の葛藤を描いたものである。

そのころ、私がいた整形外科の研究室と胸部外科の研究室は、廊下一つをへだてて向かい合っていて、互いの実験の内容は大体知っていた。

私達の研究室では、実験に兎《うさぎ》と二十日鼠《はつかねずみ》をつかっていたが、胸部外科では犬ばかりで、これが手術のあとなど一晩中、苦しげに呻《うめ》き続けるので、静かにさせて欲しいと苦情をいいにいったこともある。

この時、実験中の犬のほとんどは人工心肺を装着され、大腿部《だいたいぶ》と胸を大きく開かれたまま、実験台に仰向《あおむ》けに縛りつけられていた。さらに実験台のまわりには、途中で死んだ犬や、実験を終えて、痛みに耐えながら、目を閉じ、腹を波うたせている犬達がいた。

まさに心臓移植の動物実験が酣《たけなわ》のころである。

どういうわけか、胸部外科には私の同期が五人もいっていた。

心臓移植にダブル・ハート法というのがあり、それがすでに犬に試みられていることも、そのなかのSからきいて知っていたのである。

これだけ親しく話していても、私は近く、人間に心臓移植がおこなわれるなどとは思ってもいなかったし、胸部外科の連中にしても、まだ先のことだと考えていたようである。

ともかく私は電話の記者に、「予測などしていません」と否定したのだが、記者は、「しかし、それにしてもタイミングがよすぎますねえ」と、半信半疑の様子である。

たしかに、心臓移植の小説が載っている雑誌が出ている時に、その手術がおこなわれるとは、いかにもタイミングが合いすぎる。

だが実をいうと、この小説を書いたのは、八月よりはずっと早い三月の初めのころだった。

それを書きあげて、「オール讀物」の編集部に送ると、「面白いので、いずれのせますが、時期はこちらに任せてください」という返事だった。

そのころの私の作品は、初めから編集部のラインナップにのっていたのではなく、既成作家の誰かの作品が、締切りやなにかの都合で欠けたとき、その埋め合わせとしてつかわれる類のものだったようである。

ともかく、そのまま四カ月過ぎて七月の初めに、「今度の号にのせますから」と連絡があったのである。

こんなわけだから、雑誌発表と手術の間に関係があるわけはない。それはあくまで偶然にすぎない。

その日、四時の勤務を終ると、私はまっすぐ大夕張から札幌へ戻った。

病院に着いたのは七時に近かったが、院内は静まりかえったまま、特に変った様子はなかった。

新聞や雑誌の記者やカメラマン達が詰めかけ、病院全体が騒《ざわめ》き出したのは、その翌日の昼を過ぎてからだった。

しかし病院内部にいた私達医師は心臓移植に対して特別、強い関心を抱いていたわけではない。

元来、大学病院というところは、科が違えば病院が違うぐらい横のつながりはなく、他の科のことについては、ほとんど無関心だった。

だから、胸部外科でどのような大手術がおこなわれようが、われわれには関係ないことであり、あくまで胸部外科一科の問題でしかなかった。

したがって、そのころの私達の気持は、「相変らず和田さんは派手なことをやるなあ」といった少し辟易《へきえき》した感情だけで、それ以上のものではなかったのである。

三

作家の吉村昭氏が、この心臓移植に批判的な文章を、朝日新聞に発表されたのは、たしかこの手術がおこなわれて十日ぐらい経った時だった。

吉村氏は、かつて自分が胸を病む患者であったことを原点におき、そこから医師の死の認定に疑問をなげかけた。そして、心臓移植がある日突然のように札幌でおこなわれたのは、札幌の医学者が南アの医学者と同様、社会的圧迫を受けることが少ないからであり、これは宗教・倫理への不逞《ふてい》ともいえる挑戦である、と論じたのである。

正直にいうと、私はこれを一読した時、なんとも説明しにくい不快な感情にとらわれた。そしてこれは私だけでなく、まわりにいた医師達すべてに共通した感情でもあった。

吉村氏のいわれる、心臓移植が現代の宗教や倫理への不逞な挑戦だ、という意見には、私も一応は納得はできた。実際そういう危惧《きぐ》をもっていたから、私はその五カ月前に「ダブル・ハート」という小説を書き、そのなかで死を認定する医師の悩みと、それによって心臓を摘出される患者の妻の、哀《かな》しみと違和感を書いたのである。

だがその前段の、医師の死の認定に疑問があるとする考え方と、札幌の医師が南アの医師と同じ立場にある、という見方には、私はおおいに不満であった。

とくに後者、札幌と南アを同列に見たような発言には、当時、札幌で医師をしていた私達にとっては、耐えがたい屈辱であった。

たしかにこのころ、南アではバーナードという医師が、すでにかなりの心臓移植をやっていたが、それらは南ア連邦という、世界でも有数な人種差別の厳しい国だからやれたのだと私達は考えていた。

南アでは心臓提供者として黒人をつかい、アメリカでも同様のことがおこなわれているらしいことは、すでに医師仲間では推測されていたことであった。だから、「南アと同じである」といわれると、札幌は南アと同じ植民地で、だから医師達は人種差別によって、勝手気儘《きまま》な手術をやっている、といっているように受けとれたのである。

この点については、あとで吉村氏の意見もお聞きし、互いに誤解と、いい足りなかった面があったのを知り、わかり合ったのだが、その時はおおいに反撥《はんぱつ》を覚えた。

「俺達を、黒人を材料につかっている南アの医者と同じだと思っている、とんでもない奴《やつ》がいるぜ。お前も作家のはしくれなら、是非あれに反論してくれ、あれじゃ俺達が浮かばれないよ」

そんなことをいって、私をけしかける仲間がいた。

それに乗せられたというわけでもないが、たしかに刺戟《しげき》を受けて、私は同じ朝日新聞に、吉村氏への反論を書いた。

「札幌は断じて南アではない。第一、これだけマスコミが発達し、日本人全体の知的レベルが平均化している時に、札幌の医師だけ勝手な手術をできるわけはない。（事実、だからこそ、あとで和田教授はマスコミの激しい糾弾を受けることになった）」

私のいいたかったのは、主にこのことだったが同時に、医師ともあろうものが死の認定を誤魔化すわけはないし、実際そんなことは医師として出来ることでもない。死の認定に関して、医師は現代医学で可能なかぎり、最大限の努力を払うはずである。

それに宗教・倫理への挑戦というが、それは必ずしも不逞とは断定できない。過去の臨床医学の進歩は、常にこの挑戦によってもたらされたものであり、医師が充分の動物実験のあと、患者さんを正しく説得したうえでおこなうのであれば、それはむしろ進歩に必要な挑戦ではないか、という内容であった。

吉村氏はこれにさらに反論を書かれたように思う。詳しい内容は忘れたが、さすがに札幌・南ア説は訂正されていたが、死の認定に関してはなお疑念を崩されなかったはずである。

私は吉村氏の疑いの深さに驚くとともに、そんなに医師を信用できない人がいるのが悲しかった。

「どうして俺達がそんないい加減なことをやれるんだい」

私の仲間達もいささかあきれていたが、不幸にも、この吉村氏の抱いた危惧は現実のものとなってしまった。

たしかに和田教授の脳死の判定には、その後、いくつもの疑問がでてきたのである。

この点について、私の大学でまっ先に異論を唱え出したのは、麻酔科の高橋教授であった。

私はたまたま、高橋教授がラジオで、心臓移植慎重論を唱えているのをきいて、自分が新聞に書いた手前もあり、気になって直接話をききに伺ったのである。

その結果、知ったことはまったく予想もしないことであった。

教授はまず、自分の部下のNが、移植手術の麻酔を頼まれながら、途中で胸部外科のスタッフと意見を異にして手術室を追い出されたという事実を教えてくれた。

そして彼が見た心臓提供者Y君の状態は、完全脳死とか、土気色の顔という胸部外科の説明とは違い、まだ呼吸も血圧も正常で、死と断定するほどの状態でなかったというのである。

それなのに胸部外科の医師達は、早々に筋弛緩剤《きんしかんざい》を注入して人工心肺を装着し、ソル・コーテフという副腎皮質ホルモンを、常用の十倍近く使うのを目撃したというのである。

Y君は札幌から一時間半ほどの蘭島《らんしま》という海岸で溺れて、仮死状態になったのだが、そんな溺水者に人工心肺を装着することも、拒絶反応拒否剤であるソル・コーテフを大量に使うことも、無意味というより異常なことだった。

さらに和田教授は、「明方二時ごろ、はっと宮崎君のことを思い出し、急に移植手術をすることにした」と記者団に語っているが、Y君への処置はすでに夜の九時から着々とすすめられ、途中で麻酔科の医師にも「心臓移植をやる」とはっきり明言しているのである。

人工心肺をつけたのは、Y君の両親に、助からないことを納得させるための方策で、ソル・コーテフの大量投与は、移植する心臓の異物反応を、あらかじめおさえるための手段ではないかというのである。

いわゆる密室でおこなわれた心臓移植手術に、ただ一人、外部から参加した麻酔科医の責任者として、高橋教授はその異常なやり方に黙っているわけにはいかなかったのであろう。

この話をきいて私はすっかり驚いてしまった。これでは医師ともあろうものが、死の認定をいい加減にするわけはない、などと大見得をきった私が、ひっ込みがつかなくなる。

まさかと思ったことが現実に、しかも教授ともあろう人が侵していたのである。

私はおおいに慌てた。何百万人という朝日新聞の読者に嘘《うそ》をついたことになる。

ここで私はさらに実情を調べるべく、自分で動きはじめたのである。

だが皮肉なことに、この数日あと、私は偶然廊下で和田教授と行き逢《あ》った。

教授から私は学生のころ胸部外科の講義を受けた。整形外科に入ってからは、手術室の控室や、風呂場でもよく逢うことがあった。

「おう君、いいところで逢った、どうだ宮崎信夫君を見ていかないか」

どういう風の吹きまわしか、教授は私にそういったのである。

そのころ宮崎君は地下の濃厚治療室を出て、胸部外科看護婦詰所のとなりの病室にいた。もちろん廊下側にもドアがあったが、そちらは密閉され、出入りはすべて詰所をとおし、その間のドアも、婦長から直接鍵をもらって開けるという厳重さだった。

教授のあとについて私が入っていくと、宮崎君は人工心肺や酸素テント、サクションなどの機械に囲まれて、上体を高く傾斜したベッドに仰向けに横たわっていた。

「信夫、この方は、整形外科のお医者さんで、小説も書く、えらーい先生です」

和田教授は彼独特の冗談めいた、少し皮肉っぽいいい方で私を紹介した。

宮崎君は痩せた顔のなかの大きな眼で、不思議そうに私を見た。顔色や眼の動きは正常だったが、どこか反応が鈍い感じがした。

「さあ、えらーい先生に、お見舞いありがとうの握手をしなさい」

宮崎君はいわれたとおりそろそろと手を出すと、

「ありがとう」と、少し舌をもつれさせながらいった。

私も「頑張って」と手を握りかえした。細くて、少し表面がざらざらした感じの掌《てのひら》であった。

面会は時間にして、二、三分のことだったが、私はいまでもあの時何故、和田教授が宮崎君に逢わせてくれたのかわからない。

宮崎君は小康をえて、比較的元気なときではあったが、それでも胸部外科以外の者は厳しくチェックして、両親の面会さえ、ままならない状態であったのである。

そんな時に、なぜ教授自ら忙しい時間をさいて、私ごとき者を案内してくれたのか。

これは推測だが、その頃、和田教授は私を味方だと思っていたのかもしれない。朝日で吉村氏に反論し、医者が意識的に患者の死を早めたりすることはない、と私が書いたのを読み、おおいに気をよくされていたのかもしれない。さらに考えれば、私が多少ともジャーナリスチックに発言する場があるのを知って、この男によくしておけば損はないと、計算されていたのかもしれない。

それはともかく、和田教授の異例な好意に接しながら、私の疑惑はさらに深まっていた。

まずあの、病室の隔離の仕方は普通ではなかった。たとえ押しかけてくるジャーナリズムがうるさいとはいえ、あれでは蟻《あり》一匹入り込む余地もない。

もし教授がいうように、公明正大な手術であるならば、あれほどまで厳重な警戒をする必要はないのではないか。

皮肉なことに、和田教授の好意が、私の疑惑をさらに深めさせる結果になったのである。

私は改めて、心臓移植の実態について本腰をいれて調べることにした。もし一部でいわれるように、黒い事件であるならば、なにかの機会をとらえて、読者に正式に訂正し、真実を公表するのが、一度でもジャーナリズムの場で発言したことのある者の責任だと思った。

　あのままでは自分は和田教授に加担したことになる。

　ショックが大きかっただけに、私はその真相の究明に気が亢《たか》ぶっていた。いま考えると、少し照れくさいほどだが、しかしそんな気持の亢ぶりがあったから、その後の調査もすすめられたのかもしれない。

　それから、私が知ったことは、ただ驚くことばかりであった。

　手術がおこなわれた七日の夜、いつになく多くの胸部外科医局員が遅くまで医局に残っていたこと。大学病院にいまだかつて溺水者が、あのようなものものしい警戒で運びこまれたことはなかったこと。その時、Y君を見た人は決して土気色ではなかった、といっていること。それ以前に蘭島から小樽《おたる》の病院へ運ばれたとき、そこの主治医は、患者が意識は戻らないが、家族に「大丈夫です」といって、五時に帰宅していること。容態が急変したのは、そのすぐあと、院長が診察してからであること。この院長と和田教授との間には、患者を廻《まわ》したり、手術をしたりで、以前からつながりがあったこと。

　さらにその後、Y君にくわえられた、高圧酸素室への搬入や、人工心肺の装着が、必ずしも溺水者への蘇生《そせい》術としては、適切なものではないこと。場合によってはかえってマイナスにさえなりうる処置であること。

そして肝腎の脳波は少しも記録されておらず、透視で見たというわけも、大学の脳波計自体が透視で見られるようなしろものではないこと。

　また宮崎君が胸部外科に転科する前、彼がいた内科の診断は、一つの弁だけの疾患で、転科したのは弁置換の手術を受けるためで、心臓移植は適応でなかったこと。その手術については、内科医の誰も知らず、もちろん手術にも立ち会っていないこと。そして死後の病理解剖にも、内科医はツンボ桟敷におかれたこと。

　さらにその解剖のあとの心臓は、胸部外科の奥底深く隠され、部外者には触れさせてもらえないこと。

　その他、書きだすときりのない疑惑が、続々と現われてきた。

　そしてこの間、わたしがなによりも不快だったのは、この手術に立ち会った医師・看護婦の全員が貝のように黙りこんでいたことである。

　間違いなく、この裏には和田教授の厳重な箝口令《かんこうれい》があったのであろう。もし正当な、恥じることのない手術をしたのであれば、そんな命令を下す必要はないはずである。教授という権力で、人々の口までふさいでしまうのは、あまりに行きすぎではないか。

　知れば知るほど私は怒りを覚え、仲間の医師達にも話し、意見を求めた。

　仲間達は、「やっぱり」といい、「あの先生ならやりそうだ」とうなずき、「いくらなんでもひどすぎる」ともいった。

新しい手術には割合好意的な外科の連中がこういうのだから、内科の医師達は、さらに批判的だった。

私の周囲は大体において心臓移植への批判派であった。初めは信じなかった人達も、私が調べた事実を話すと納得してくれた。

私のデータは病院内部にいて、さまざまな伝手《つて》を求めて調べあげたのだから、外部の誰が調べたものより、はるかに確実だという自信があった。

やがて十月の末、宮崎君は八十五日間生きたあと死亡し、それを待っていたように、各方面から批判の手があがり出し、私はそれらとは別に、これまで調べた事実を自分独自でなにかに発表したいと思いはじめていた。

実際、いいわけじみるが、そうしなければ私は立つ瀬がなかった。初めによく調べもせずに、吉村氏に反論を書いたばかりに、いまでも私を和田教授の積極的な擁護派だと思っている人がいたのである。

とにかく、私は自分のいまの立場をはっきりとさせたかった。それは大学にいる者として、かなり危険な賭けだが、それでも私の小文で誤解したかもしれない多くの読者に、お詫《わ》びをし、訂正をしたかった。

「オール讀物」から、私に心臓移植のことを小説にしないかといってきたのは、こんな時だった。

まだ作家としては駈《か》け出しの私に、こんなことをいってくるのは、内容の事件的な面にひかれてだろうと知りながら、私はこれを引き受けることにした。

全国的に私の立場をはっきりさせるにはこんな機会をおいてしかないし、小説と名がつけば、和田教授もまわりの人も、多少とも傷つくことが少ないと考えたからである。

実際、私はその時にはもう、和田教授個人を責める気はまったくなかった。

このように、糾弾されなければならない手術をしたのは、和田教授その人だが、和田教授をそのような無謀な手術にかりたてたものは、日本の医学界にひそむ学閥や学会中心主義、論文過信である。和田教授は、むしろそうした渦に呑《の》みこまれた、一人の犠牲者として書きたいと思ったのである。

だが私が小説の一篇《ぺん》をどのようにまとめようと、そこに心臓移植の実態が浮きぼりにされ、その疑惑がさらけ出されたことはたしかなことだった。

その正否はともかく、同じ大学にいるものが、そのようなものを書くということが、どんな影響を及ぼすのか、その点に関する私の認識はまだまだ甘かったようである。

四

小説は二カ月にわたって発表され、全部で三百枚におよんだ。私はこれを大学から帰ったあとや、出張先で書き続けた。

雑誌が発売されるとともに、友人達が「すごいことを書いたものだな」といってきたが、内容に触れる者はあまりいなかった。彼等の大半は、新聞の広告で知っただけで、実際に買って読んだ人はあまりいないようだった。

それより医者以外の人々の反応のほうが大きかった。「本当にあんなことがあったの」といい、「しかしひどいねえ」と、怒りとも、失望ともつかぬ声をあげた。

結局、一般の人々にはその事実が問題であるのに対し、医師達は内容より、それを書いたことのほうに興味があるようだった。

ともかく、私は自分の書いたものが、まわりに少しずつ反応を起しているらしいことに不安を覚えながら、一方で満足していた。

だが最初の号が発売されて半月くらい経ってから、医者の仲間達の、私を見る目が少しずつ変ってきているのに気が付いた。

整形外科の医局では、私が講師のせいもあってか、あからさまにいう人はいなかったが、他科の医師達は、別の用件で話しているのに、「おいこれは小説にするわけじゃないだろうな」とか、「お前にいうと、なんでも書かれるからな」と、冗談めかして皮肉られた。

そのうち産婦人科にいっていた同期の男が酔ったついでに、

「お前はどうして、あんなことを書いたんだ」とからんできた。

「どうしてって、あれは事実だからな」

私が答えると彼は、

「たとえ事実だって、あんなことは書くべきじゃないぜ、第一、あれは俺達の大学の恥をさらすようなものだ」

「恥だとしても、黙って頰かむりしているほうが、もっと恥だろう」

「しかしあんなことを書いたら医師の権威がなくなってしまう。俺達の医局では、お前の評判はあまりよくないぜ」

この一言は私にこたえた。

いままで心臓移植の話をしているときには、「ひどい」とか、「無茶なことをやる」といって、同感してくれた仲間が、そのことを文章に書いた途端に、少しやりすぎ、といった眼を向けてきたのである。なかにははっきり、うさんくさそうに私を警戒するものもいた。

彼等は個人的には和田教授を非難しながら、いざとなると、医師としてそれを擁護しようとする。批判は医師同士の仲間うちでは許すが、そこに部外者までひきずり込むのは不快だというわけである。

この気持は私にもよくわかった。初め、私が吉村氏の一文を読んで感じた反撥も、それに近いものだった。

その反撥の裏に、素人のくせになにがわかる、といった、居丈高な気持があったことは否めない。

皮肉なことに、初め私が吉村氏に抱いたと同じような感情から、いま私は医者仲間から疎外されようとしかけていた。

手術への憤りとともに、医者達の気持もわかり、私の立場は一層苦しくなった。

あるいは被害妄想であったのかもしれないが、私は大学病院にいながら、いつも自分が少し変った、他所者《よそもの》として見られているような不安にとらわれはじめた。

あれは医者ではない、作家なのだ、といった眼差《まなざ》しである。

もともと、医学部には、医学以外の領域に顔を出しすぎると、うとんじられるという傾向があった。もっともこれは医学部にかぎらず、古い体質の集団では、みなそうなのかもしれない。

たとえそれが、きめられた仕事をきちんと終えたあとの余暇であっても納得しない。麻雀《マージャン》や酒を飲むことには寛容であっても、そうした専門外のことに手を拡げることには、先天的な拒絶反応があった。それを医学は片手間ではできないという美名の下で、批判する。どんなに怠けていても、医学だけやっている者は非難されない。他のことにも手を出す者は本流とは見なさないのである。

もっともこうした傾向については、当の和田教授も、私の主任教授も、ある意味で被害者でもあった。和田教授は、なにかといえばすぐ新聞記者を呼んで派手な宣伝をする点で、象牙の塔の重々しい学者のイメージから外れ、K先生は詩をつくることで、少し煙たがられてもいたのである。

産婦人科の親友にいわれて一週間経ったとき、私はK先生に呼ばれて注意を受けた。

「君が小説を書くのはかまわないが、書く以上は人を傷つけない、もっと大きなものを書かなければいかん。人を傷つけて、それで読ませようなどというのは卑怯《ひきょう》なやり方ではないか」

K先生のいい方は、表面は優しかったが、その底に、不満が潜んでいるのがわかった。私は、自分はたしかに和田先生を傷つけたかもしれないが、和田先生はもっと大きな傷を他の人に与えているではないか、といいたい気持をおさえて黙っていた。

K先生はそんなことはわかったうえで、私の医学部内部での立場を心配していわれたのだろうし、小説というのが、単に事件や人を告発する態《てい》のものでないという考えには、まったく同感だった。

心臓移植の是非は別として、同じ大学に堂々と非難めいた小説を書くものが、自分の教室員にいるということは、K先生にとっては非常に苦痛だったに違いない。しかもその男が新米の無給医局員とでもいうのならともかく、医局の中心的なスタッフである現職の講師であったことも、見過せない事実である。

少なくとも、K先生としては和田教授に面子《メンツ》が立たないところもあったに違いない。

だがK先生はそれ以上はなにもいわなかった。あとはなにごともなかったように、雑談に移った。

私は内心ほっとしながら、やはり直接呼び出されて注意を受けたということは、心の負担になった。

真実がどうであれ、正義がなんであろうと、私のやったことは、医学部のなかではあるまじきことだった。

五

やがて三月になり、札幌にも春の息吹きが訪れた。道の両側に一メートル以上に積みあげられた雪も嵩《かさ》を減じ、表通りにはところどころペイブメントが顔を出していた。

雪が溶けては降る、春近い定まらぬ季節のなかで、私は大学を辞めることを考えていた。

その後、和田教授はジャーナリズムの激しい批判を浴び、沈黙を守っていたが、そうなるとかえって、和田教授を守ろうという気運が学内に起りはじめていた。

判官贔屓《びいき》というか、よそ者がずかずかと土足で乗り込んでくることへの、大学の拒絶反応であった。

そしてそれとともに、私の立場はさらに微妙になっていた。たとえ相手が間違っていたとはいえ、他の科の教授に正面きってたてついたことは、やはり問題であった。

とくに胸部外科と整形外科は、同じ外科系で、手術室でよく顔を合わせるし、胸椎《きょうつい》カリエスの手術のような時は、共同でやらなければならないこともあった。そんな時、私が和田教授と顔を合わせるのは、いかにもまずかった。胸部外科の医師達は、気さくな人が多く、私にも表面的には変ったところがなかったが、自分達のボスに嚙《か》みついた男に、それなりの感情を持っていることはたしかであった。

私は自然、彼等を避け、彼等もなんとなく私に話しづらそうであった。主任教授のK先生はその後なにもいわず、医局員達も、「心臓移植」については、私をかばってくれるいい方をしてくれたが、そうされればされるほど、私は彼等の好意に甘えているような気がして苦痛であった。

それにたとえ余暇とはいっても、大学病院にいながら、小説を書くということは、やはり邪道であった。

「東京へ行こうか」

夜、雪の溶ける南風のなかを歩きながら、私は一人でつぶやいた。

卒業して十年間、大学病院にいて、私はその表も裏も見てしまった。もうさして、大学に魅力を覚えているわけでもなかった。

これ以上いて、将来、たとえ助教授とか、万一教授になったとしても、自分の限界は知れているように思えた。その立場で、私がうまく大学人として振舞っていけるとも思えなかった。

「辞めよう」

私はもう一度、声に出して自分にいいきかせた。

だが、いざそれを家族や、まわりの者に告げるとなると勇気が必要だった。

三月の初め、私はそのことをまず妻にいってみた。

「大学を辞めて、東京にでもいってみようかと思うんだが」

妻は医師の娘でもあったので、「心臓移植」以来、私が大学にいづらくなっていることは、薄々感じていたらしい。

「東京へ行ってどうするの」

「出来たら、作家としてやっていきたいが……」

私としては成算はなかったが、こうなっては、それを目差すより仕方がなかった。

「どうしても」

「そうだ、どうしてもだ」

妻はそのまま黙った。私はその沈黙に安堵《あんど》しながら、一方で、もう少し反対してくれると、かえってファイトが湧くはずだと思っていた。

だが一緒にいた母は、猛然と私に反対した。

「東京に行って、作家になんかなって、食べていけるの」

「わからないけど、ともかくやってみるさ」

「折角、大学病院の講師までなったのに、なにも自分から辞めることはないでしょう」

母のいうことはもっともであった。曲りなりにも、医師として順調にきたのに、ここで捨てる手はない。

私のまわりにいた人達のほとんども、母と同じ意見であった。

「そんなに大学がいやなら、札幌で開業でもすればいいでしょう」

「いや、とにかく東京へ行く」

私は医者の世界から逃れるのは、いましかないと思った。いまを除いては年齢的にも無理になる。いまが訪れた最後のチャンスである。

「馬鹿だよ、お前は」

「どうせ馬鹿だよ」

突然、母が泣きだしたが、それがかえって私の意欲をかきたてた。

「とにかく、このままではどうにもならないんだよ」

いいながら、私はさらに自分にたしかめていた。正直にいって、この時、私自身もどうするのが最もいいのか、皆目見当がつきかねた。

K教授に、辞めることを告げたのは、その翌日の昼休みであった。この時でさえ、まだ私の気持はいくらか揺れていた。

「そうか、辞めるのか」

K教授は一瞬、私の顔を見て、それからまた雪の降りはじめた窓を見た。

「奥さんやご両親はなんといっているのだ」

「別に反対はしていません」

「反対しても、仕方がないと、あきらめているのだろう」

私は前夜泣いた、母の顔を思い出してうなずいた。

「しかしものを書いて、食べていくのは大変だぞ」

「わかっています」

「君が小説を書きたいのなら、もう少し閑《ひま》で、楽なポストを探してやるが……」

「でも、やっぱり東京のほうがふっきれて、やる気もでると思うんです」

「それはそうかもしれん」

K先生は煙草に火をつけ、一服喫《す》ってからいった。

「しかし、君は勝手なやつだ」

「そうでしょうか」

「そうに決っている、だが羨しいよ」

私は先生のいうことがわからぬまま、目を伏せていた。

「いろいろお世話になりました」

改めて頭を下げながら、私はこれですべての障害が払われたことに、かすかな安堵と淋《さび》しさを覚えていた。

六

大学で送別会をしてもらって、私が東京へ出てきたのは、この年の四月の初めであった。

いままでのように、医者の片手間に小説を書くのではなく、書くことを中心に生活していこうという気持はあったが、それだけで食べていける自信はなかった。

ともかく当分は一人で、東京の落ちつき先を探し、それから経済的なことを考えようというわけである。

単身、東京へ出た私は、一旦ホテルに宿をとり、そのころようやく知りはじめた編集者と逢い、自分が大学を辞めてきたことを告げた。

「本当に辞めてしまったんですか」知人の編集者は、一瞬、困惑した表情を見せ、それから「でもこのほうが、すっきりするでしょう」と、同情とも、励ましともつかぬ言葉をかけてくれた。

彼等にとっては、私が大学を辞めたことが、少し時期尚早に思えたのかもしれないがいまさら戻るわけにもいかない。

そこでたまたま編集者が知っているアパートが西荻窪《にしおぎくぼ》にあるというので、一旦そこへ住むことにした。

アパートは二階建ての木造で、六畳一間に流しと、小さな沓《くつ》脱《ぬ》ぎがあるだけだったが、ここに札幌から蒲団《ふとん》一組と、最小限の服や着替えをまとめて、送ってもらった。

荷物が着いたところで、ホテルを引き払いアパートへ移ったが、いざ住むとなると足りないものばかりである。灰皿、湯呑茶碗からヤカン、箒《ほうき》、雑巾、石鹸《せっけん》と、数えはじめるときりがない。

私はそれらを西荻窪の駅に近い商店街で、適当に買い求めた。

腕一杯に家庭用具を抱え、部屋に戻ってきて、さて湯でも沸かそうと思うと、ガス台がない。二度、三度と往復してようやく住むに最低のものだけは揃《そろ》えることができた。

六畳一間とはいえ、簞笥《たんす》もテーブルもない部屋は結構広かった。

自分で掃除をし、夕方、再び駅に近い商店街に行って焼きそばとスープを食べて帰ってくる。裸電灯の下で一人でお茶を飲んでいると、中央線の電車の音がきこえてきた。ついに東京にきてしまった、という感慨とともに、とんでもないことになってしまった、という悔いが交錯する。

四月ではあったが、夜に入ると底冷えがして起きていられない。道産子《どさんこ》の私は、ストーブの燃える暖かいところに慣れていたせいで、東京の部屋のなかの寒さには弱いのである。

私は部屋のまんなかに床を敷き、それに早々ともぐり込むと、西荻窪のアパートの最初の夜を眠った。

翌日から、私はぼつぼつと小説を書きはじめた。ある社に短篇を頼まれていたし、「小説心臓移植」を本にする予定もあった。

私はまず青梅《おうめ》街道に面した家具店へ行き、そこから折り畳み式の簡単な机を買ってきて、その上で原稿を書きはじめた。

昼間のアパートは、みな会社に出かけたあとらしく静まり返っている。隣りではときたま女性の声がきこえたが、共稼ぎのようだった。

静かで自由な時間があったが、原稿は一向にすすまない。

一枚書いたところで煙草を喫い、いまごろ大学病院ではどうしているかと思う。

月曜日だから総廻診《かいしん》があり、そのあと教授を中心に学会の打ち合わせなどがあったあと、看護婦詰所で入院患者への処置を出し、外来診察をする。午後は二時から手術のあと、夕方風呂に入り、みなでビールを飲む。

つい半月前までやっていたことが、いまはもう無縁である。

考えるうちに、私はなにか大きな落しものをしてきたような気持にとらわれた。つまらない、どう変りようもない、と思っていた医学の世界が、なにか大層な、華やかな世界であったように思われてきた。

私はそんな思いを振り払うように、また原稿用紙に向かうが筆は容易にすすまない。あたりを見廻すと、広々とした白い壁だけが拡がっている。

部屋にいるとかえって寒いので外へ出てみる。

戸外には四月のやわらかい陽《ひ》が溢《あふ》れていた。アパートを五十メートルも行くと、右手に児童公園があり、そこに子供達が遊び廻っている。ベンチに坐《すわ》って陽を受けながら、お喋《しやべ》りに興じている人妻達がいる。

私はその情景をしばらく見てから、また駅のほうへ歩き出した。

まわりは大きな邸宅街で、石塀から枝を出した桜が、歩道の上に花を散らせていた。この年は例年より寒く、桜は一週間遅れだといわれていた。

だが陽の強さは北海道とはくらべものにならない。

その明るい陽のなかを歩きながら、私はいろいろなことを考えた。いつまでもこうしているわけにはいかない。もう少し仕事をしやすい環境に移ろうか、どこかに勤めようか、いつまでも家族を札幌においておくわけにもいかない。考えても一向に結論は出ず、追われるような気持だけが、私をしめつけた。

こんな私が風邪《かぜ》をひいたのは、このアパートに来て五日経ったときだった。その前日、夜になって冷え込んだのに、原稿を書きかけたまま畳に仮睡したのがいけなかったらしい。

翌朝は頭が重く、嚔《くしやみ》と鼻水がしきりに出る。昼近くになって私はセーターの上にコートを着て、商店街の薬局に行った。

奥から出てきたのは四十前後の小肥《こぶと》りの男性だったが、すぐそのころ流行《はや》っていた錠剤の風邪薬を出してきた。

「扁桃腺《へんとうせん》も少し腫れてるようなので、抗生物質ももらいたいんだけど」

「どれ見せてごらん」

私は男の前で大きく口をあけた。

「少し赤いけど、あんたお医者さんの処方箋持ってるの」

「いや……」

「じゃあまずいな」

男は少し考えるようにケースを見てから細長い箱をとり出した。

「抗生物質じゃないけど、このサルファ剤をのんでごらん、これも化膿《かのう》止めだから効くはずだよ」

一瞬、私は奇妙な気持にとらわれた。抗生物質など、医局か研究室のダンボールのなかでも探せばいくらでもころがっていた。そんなものに不自由することはなかった。それがいまは遠いものになっている。

考えてみると、私はこの十数年間、薬局に来たことはなかったのだ。

「二錠ずつ、一日四回だよ」

男の説明にうなずきながら、私は金を払って薬局を出た。

私が体に不安を覚え、週に三日でも、どこかの病院に勤めようと思ったのは、この風邪で寝てからである。

七

四月も半ばを過ぎ、もう桜はほとんど散っていた。私は少しずつ東京に馴染《なじ》み、出かける前に地図を見れば、大体何処《どこ》へでも行けるようになっていた。

まだ少し咳《せき》が残っていたが、暖かい日を見計って、お茶の水へ出かけた。

神田駿河台《かんだするがだい》の「医事新報社」に、医師の就職斡旋《あっせん》所があるのをきいて知っていたからである。

御茶ノ水駅を降りて、すぐ右へ水道橋より へ行く。道が曲り、軽く坂になったところに、その会社があるビルがあった。

私はそこの三階の斡旋所にいって、求職カードに名前と年齢、そして専門科名を書き込み、週三日ぐらいの勤務で、できたら住宅つきを望んでいることを告げた。

四十をこえた年輩の女性がうなずき、求人帖簿《ちょうぼ》をめくった。

板橋、小岩、渋谷と、いろいろあったが、多くは毎日ということで、週三日という条件のところはあまりなかった。

「どうしても三日でなくてはいけないのですか」

「二日でもいいんですが」

「じゃあ、いまどこかの病院にお勤めなのですね」

「いや、そういうわけじゃありませんが……」

年輩の女性は不思議そうに私を見た。大学かどこかの大きな病院に勤めていて、その勤務のあい間に、週一、二日、アルバイトをする、という人はよくいるが、どこにも勤めていないで、週三日しか働かない、という医師は珍しいらしい。

「それで住宅が必要なのですか」

「僕一人が住める、小さなところでいいんですが」

「両国《りょうごく》でもよろしいですか」

「どこでもかまいません」

山の手だろうと、下町だろうと、私にとっては問題はなかった。

「両国の近くですが、中村病院といって、内科、外科、小児科もある病院ですが、整形外科のお医者さんを探しています。一応、毎日ということになっていますが、三日でも多分、大丈夫だと思います」

「住宅はあるんですか……」

「それは病院の隣りに、院長先生所有のマンションがあるのです。上の方は看護婦さんや、レントゲン技師の方達の宿舎になっているようですから、そこでよければ、入れてくださると思いますけど」

どこでもいい、とにかく私はいまの殺風景で、管理人のうるさすぎるアパートからは出たいと思っていた。

係りの女性は早速、先方へ電話をかけてくれた。

「札幌の大学で、講師をなさっていた方です」

彼女は必死に私を売り込んでくれた。

私はそれをききながら、自分もいよいよ開業医に勤めるのかと、少し淋しい気持になっていた。

医師に上下はないが、一般的に本流というか、権威のあるほうからいえば、大学病院の教授、助教授、講師といったスタッフが最高で、その次が大病院の医長クラス、そして地方の官公立病院の医師ということになる。

開業医はお金は儲《もう》かるかもしれないが、医師の権威的なことからだけいえば下であった。その開業医の勤務医になるということは、医師としては最も低いことになる。

そのころの私は、そんな病院の権威など捨てたつもりでいながら、まだ完全にはふっきれていなかった。

「じゃあ、その方向でお話ししてみますから、よろしくお願いします」

女性が受話器をおく。いよいよ私の売られ先が決ったらしい。私は緊張した。

「勤務は三日でよろしいそうです。それからお部屋はそのマンションの一DKの二万五千円のところを半分の一万三千円で貸してくださるそうです」

週三日だから、部屋代も半額というわけか、私はそのあたりの計算のたしかさに感心した。

「それとお給料は、一日八千円でお願いしたいとのことですが」

一日八千円とすると、日曜を除いて、月に十二日働いたとして、十万円に足りない。

札幌にいる時、開業医に手術にでもいけば一万円はくれた。それからみると少し安すぎる。一日フル勤務なら一万円ということはありえない。

講師とは称していても、田舎から出てきて海のものとも山のものともわからないから足下を見られたのかもしれない。

私は少し不満だったが、しかし相手の身になってみると無理のないところもある。

それに、どこにいってもそう変りはしない、というあきらめもあった。

十万円弱なら、原稿料が入らなかったとしても、私一人だけは食べていける。もちろん家族に仕送りすると足りなくなるが、家のほうは、退職金で当分は困らないはずである。

「これからすぐお逢いになってもよろしいそうです」

「じゃあ、お願いします」

難しい交渉をするより、とにかく私は早く落ちつきたかった。

その日、私は御茶ノ水駅の右手にある交番の前で立っているところを、中村院長の車に乗せられて、両国のその病院に行った。

「札幌医大というと、心臓移植がおこなわれたところですね」

車の中で、院長は思い出したように尋ねた。

「じゃあ先生も和田教授はご存じで」

「ちょっとだけです」

「このごろいろいわれていますが、あの手術はやはり、おかしいのですか」

「僕もよくわからないのです」

私はもう心臓移植のことは考えたくなかった。あれはもう私のなかでは済んだことだった。

「宮崎君というのですか、あの子が死ななかったら、和田先生も、ああまで攻撃されなかったでしょうね」

「多分……」

私は曖昧に答えて、窓から四月の東京の街を見ていた。

病院は四階建てで、かなり古びていたが、どっしりした建物であった。院長は外科で、ほかに内科と小児科の医師がいて、さらに産婦人科の医師が週に一度くることになっていた。

院長は温厚な感じの人で、このころ糖尿病で、手術につかれるので、替りを務められる外科医を探していたのである。

私は一般外科のほうはあまり自信がないと逃げ腰だったが、院長は整形外科を中心に、時々外科のほうを手伝ってくれればいい、ということで承知した。

マンションは病院の裏に道路一本はさんで建っていて、私はその四階の端の一ＤＫの部屋を借りて、西荻窪から移った。

まだ家族を呼ぶには狭いが、ともかくこれで食と住だけは確保された。あとは仕事のほうである。

はたしてこれから小説を書いてやっていけるのだろうか。

病院へ行かない日、私はこのマンションの窓から広い東京を見渡してぼんやり考えた。

マンションは五階だったが、あまり大きい建物のない下町は、そこから木場《きば》をこえて東京湾のほうまで見通せた。

ぎっしりと続く家並のところどころにビルが顔を出している。それは一ブロックの半ばを占める大きなものも、両側からしめつけられたように細長いのもある。明るいクリーム色のも、黒ずんだのもあった。

そのすべてに人々が住み、働いているかと思うと、なにか巨大なエネルギーにおしつぶされそうな圧迫感を覚えた。

こうして毎日窓から外を見ながら、私は自分のマンションから一キロほど離れた位置に、白い壁に青い瓦を葺《ふ》いたビルがあるのを知った。六階ぐらいか、細長くあまり大きくはないが、そのビルの屋上の塔の上に、風見鶏《かざみどり》がついているのを発見した。

ビルと家だけが密集している大都会のなかで、それはどこかユーモラスで、少し場違いな感じだった。花曇りの四月の空が果てしなく拡がっている下で、風見鶏は頭を北東へ、お尻を南西へ向けて、そりかえっている。

毎日、私は窓から東京を見渡しながら、風見鶏に問いかけていた。

大学をやめたのは、本当に間違っていなかったのか。心臓移植につまらぬ発言をして、自分は一生を誤ったのではないか。このまま、こんなところに勤めていて、はたしていいのだろうか。

「お前はどう思うの」

私の問いかけを知ってか知らずか、風見鶏はその時々に方向を変え、四月の空に胸を張って立っていた。

あれからすでに七年の月日が経った。

その後、私は両国の病院から、向島《むこうじま》の分院に移り、それから一年で完全に医者から足を洗ってものを書くことだけに専心した。

いま思うと心臓移植は、私にとって作家の方向づけをした、大きな風見鶏であった。

だが七年経ったいまも、東京に出てきた四月の微風は、私にある不安を呼び醒《さま》す。

なま暖かい花曇りの季節がくると、相変らず、私は気が焦り、なにか間違いをおかしたような不安にとらわれる。

「あれでよかったのか……」

考えながら、時に夢のなかに、寒々としたマンションの一室が浮かび、風見鶏がくるくる廻っている情景を見る。ある気怠さのなかに四月が過ぎていく。

この四月の不安は、私の作家としての原点であり、作家を続けるかぎり、いつまでも心の片隅に棲《す》みついて、離れない怯えなのかもしれない。

聴診器

一

私の友人に安原行平という男がいる。彼は今年、四十二歳、都立K病院の外科医長である。もちろん医学博士の学位も持っている。

安原はいまでこそ口髭《くちひげ》を生やし一七五センチ、七八キロの巨軀《きよく》を外科用白衣につつみ、大病院の医長らしく、新装成った廊下をわがもの顔に歩いているが、インターンを終って外科の医局に入ったころは、「チョロ」という綽名《あだな》がついたほど痩せて、坊や顔をした青年医師だった。

まったくそのころの安原といったら、外科の医局に来たのが不思議なくらい大人しく、はにかみやの男だった。私はいまでも覚えているのだが学生実習で外科の処置室を廻った時、全身火傷《やけど》で火ぶくれになった赤ん坊を見た彼は、目をそむけていたものだ。

だが、いま彼の外見だけを見ているかぎりでは、そんな時代があったことなぞ、想像もできない。

大胆なメス捌《さば》き、指示の果断さなぞ安原の態度を見ていると、まさに生まれながらの外科医のような錯覚をうける。

この安原が外科を専攻したのはどういうわけか。

「ただなんとなく外科の方がやり甲斐《がい》がありそうだ、と思ったからさ」

と彼は皆に云《い》っているが、一カ月前、久しぶりに二人だけで逢って飲むうちに、その本当の理由を告げ、ついでに医者になりたてのころの失敗談まで教えてくれた。これは多分、大病院の医長になった現在では、昔の苦い経験を喋ったところでどうということもない、それだけの自信と余裕ができたせいに違いない。

とにかくそれで私は初めて知ったのだが、彼が外科へ進んだ理由は、ただ一つ、彼が音痴だったからと云うのである。

そう云えばたしかに、私も彼とは二十年にもなる際《つ》き合《あ》いだが、彼が唄を歌っているのをきいた憶えがない。時たま宴席などで皆に合わせて手を叩《たた》いているのは見たことがあるが、口を動かすだけで声はあまり出していなかったようである。

私も彼は唄はあまり得意でないらしいとは思っていたが、音痴とは知らなかった。

小学校のころ音楽の時間に先生に指名されただけで皆が笑ったというほどだから、これは相当なものである。これでは聴診器をきくのが嫌いなのも無理はない。

なんだあんなもの、耳さえあればきこえるじゃないか、という人に云っておかねばならないが、聴診はドスン、ドスンという、心臓の音をきけばいいというわけのものではない。同じ心臓の音でも、期外性収縮期音とか、肺動脈亢進《こうしん》音、といったように、ドスンという音のなかに、高低、強弱、どの位置でどのような雑音が入るか、といったことまできききわけ、判定しなければならない。

安原は学生実習の時、これなら誰でもわかるという高度の心臓弁膜症の患者の心音をきかされたが、それさえ正常の心音と同じにきこえたというのである。

こんな音を毎日きかされ、それで診断をするのではとてもかなわない、なんとか聴診器をきかなくてもいいところへ行きたい。そこで各科を見渡したところ、外科、耳鼻科、眼科などが比較的聴診器を使わなくて済む、そのうちの一番面白そうな外科へ入ったというわけである。

さすがに外科には聴診器をぶら下げて廊下を歩く医者は少ない。聴診器が必要なのは、せいぜい血圧を測る時と胸を一通りみる時くらいだが、血圧測定ならドスン、ドスンという音の有無をきけばいいだけで、音の種類なぞ考える必要はない。心臓や肺などもくわしく聴診できるにこしたことはないが、多少見逃しても外科医ということで許されるし、大病院ではそちらのほうは、はじめから内科医に任せた方が無難である。

もっとも安原はいまになって、音痴だから、という理由だけで外科に来たのは、少しばかり早計だったと思っている。

それというのも、心電図やレントゲン撮影の技術が進歩して、心臓や肺の診断に聴診器を使うことなぞ、内科医でももうほとんど必要がなくなったからである。

いまでは聴診音なぞきけなくても、心電図やレントゲンを読影できるほうが、診断にははるかに有効である。医者というと聴診器を連想するほど両者の関係は密接だが、診療の機械化のおかげでいまではそんなイメージももう古いのである。

それにもう一つ、安原が驚き、あきれたことは、心臓や肺の聴診音のレコードまでができていることである。

たとえばレコードのラベルに、「二十五歳、男性の正常の心臓音」などというタイトルがあり、それをかけると、

トン・ツー、トン・ツー、トン・ツー

と唸《うな》り出す。これさえきいていれば正常男子の心音はわかるという仕掛けである。さらに別に、「二十三歳、女性、僧帽弁不全症」といったタイトルのレコードもある。こちらは、

トン・ツ・ザー、トン・ツ・ザー

といった具合にリズムも音程も、音の大小も違った音が流れてくる。

こんな調子で肺結核、喘息《ぜんそく》、大動脈弁狭塞などさまざまなレコードができている。

これらを集大成したLPを買ってきて、かけっ放しにしていれば、寝転んでいても各疾患の聴診音を覚えることができる。実習などはサボってもレコードさえ買っておけば間に合うというわけである。

それからみると安原の学生のころは大変だった。弁膜症の患者さんが一人いると、その心臓の音をきくので奪い合いだった。一度でも多くきいて覚えておかねば、実習テストの時にお手あげである。

何人もの医学生に聴診器を当てられる患者さんは次第に機嫌が悪くなる。そこをなんとかお願いしてきかせてもらわなければならない。需要と供給の関係でどうしても弁膜症の患者さんの方が強くなる。

かくして医学生のなかには患者さんに贈物をしてとりいり、それをゆっくりきかせてもらうといった、ちゃっかりした男もいたものである。

それがいまではレコード一枚買っておけば済むのである。あとはソファにごろ寝して目を閉じていればいい。

ステレオを前に名曲をきいているがごとき風情で、勉強だというのである。

トン・ツー、ザーザー、ヒューヒュー、スー、トン・ツー、ザーと、知らぬ人がきくと、なにやら奇抜な現代音楽を鑑賞しているとでも思うかもしれない。

昔気質《むかしかたぎ》の安原はこんな医学生を見ると腹がたってくる。学問はそんな態度で覚えるものではない、特に人体を扱う医学はもっと真摯に学ぶべきものである、と文句の一つも云いたくなる。

この前も当直の夜に医局でソファに横になってこれをきいている若い医者をみて、怒鳴りつけた。

「医学ってえのは、なんでも現場にぶつかって覚えなければいかんのだ。そんなレコードきいて覚えたってなんの足しにもならん」

突然の大声に若い医者は慌ててソファの上にはね起きた。

「万事ベッドサイドで、その場に当って覚える心構えでなければいかん、そうしなければ知識が身につかん。身につかん知識など臨床医にはいくらあっても無駄というものだ」

若い医者は折角こんな便利なものがあるのに、利用して何故《なぜ》悪いのかと解せぬ表情だが、あまりの医長の見幕にレコードをしまいはじめた。たしかに安原の云うことは一理ある。便利なレコードがあるのをいいことに、臨床での勉強をサボるようになっては便利さが仇《あだ》となる。

しかし当直の夜、医局でやることもないままに、聴診音レコードをきいていることが、さして悪いこととも思えない。少なくとも怒鳴るほどのことでもないだろう。

それを云うと安原はうなずき、

「じゃあ白状しちまおう」

と次のような話をはじめた。

二

実は安原には聴診器に対して、いくつかの恨みがあったのである。

まず第一の恨みは先にも書いたように学生実習の時、心臓雑音がさっぱりわからなかったことである。しかしそのおかげで外科にきて大病院の医長にまでなったのだから、必ずしも恨めしいこととは云えないが、当時はそんな音まできききわけねばならない医者という職業がいささか憂うつであった。こんなことで差をつけられるのではやりきれないと思ったらしい。しかしいまとなっては、これはたいした問題ではない。

それより聴診器について彼がいまいましく思い出すのは、入局した夏、一カ月ほど房総のK町へ出張した時のことである。

K町は人口二万ほどの海岸町で、安原が行ったのはその町の町立国保病院であった。医者は先輩で院長の外科医が一人と内科医が一人、それに千葉から産婦人科医が週に三日ほどやってくる。

いまになって思うと、はずかしくなるほど、当時の安原は張りきっていた。

なにしろようやく一人前の医者になって、初めて東京の大学病院から地方の田舎病院へ出たのである。勤めている病院が大きいから医者も偉いというわけでもないのに、安原には大学病院からきたという気負った気持があった。だがそれが裏目に出た。

行って一週間ほど経った日の夜、彼が当直をしていると十二歳の少女が母親に背負われて病院に来た。

着いた時から少女の顔は蒼白《そうはく》で、苦しそうに口で呼吸をしながら、両手で胸をおさえている。病院には少女のカルテがあり、それによると三年前から心臓性喘息でこの病院へ通っている。もう何度も発作を起していて、発作には母子ともある程度慣れっこになっているらしい。

カルテにはブドウ糖にネオフィリンと、発作の時にうつ注射はきまっていて、それでおさまっている。

その夜の当直の看護婦は四十二歳で独身の婦長と、二十二歳の准看の二人で、彼女等二人もその母子とは馴染みらしかった。

安原は内科のほうは専門でないからあまりよくわからない。だからいまの場合、内科医が書いたとおりの注射をするつもりだった。

だが折角きた患者に診察をしないですぐ注射というのではいかにも素気ない。病名も治療法もきまっているとはいえ、彼は彼なりに診察して治療を考える、といった過程をとるのでなければ医者がいる理由がない。いやそれより中央の大学病院から来た医者の面目が立たないというわけである。

「着物を脱がせて」

彼が看護婦に命じた途端、婦長が云った。

「先生、患者さんは胸が苦しくて早く注射をして欲しがっているのです。病気はわかっているのですから診察はいらないんじゃありませんか」

「なにっ……」

若い安原は馬鹿にされたと思った。こうなると意地である。

「文句を云わずに聴診器をもってこい」

一瞬、婦長はいまいましげな表情をしたが、くるりと背を向けると隣りの部屋の往診鞄《かばん》にある聴診器をとりに行った。安原は一人になって自分から少女の着物の前を開いた。

待っているのに婦長はなかなか戻ってこない。彼はなすこともなく咳《せ》きこむ少女と対していた。

どうやら当時の安原はかなり生意気だったらしい。若いとはいえ、俺は中央の大学病院から来た医者だという気負いがあった。だが田舎の病院とはいえ看護婦生活二十余年のベテランの婦長には、一介の新米医者としかうつらなかったのであろう。

ようやく持ってきた婦長から引ったくるように聴診器をとると、安原はいかにもベテランの医者らしく咳払いをし、それからゆっくりと、聴診器の先を、少女の痩せこけた胸に当てた。

婦長の云ったとおり少女の母も診察より注射を早くして欲しかったらしいのだが、いまは仕方なさそうに少女を抱いていた。一方、婦長はまったく困った医者だといった様子で安原に背を向けて立っていた。

互いの意地の張りっこで苦しむのは少女だけである。安原もさすがにあまりわかりもしない聴診を、面子ばかりで長くやっているのは気がひけた。

彼が診察を終え、カルテに書いてある注射を婦長に云おうとした時、一瞬早く婦長が口をきいた。

「いかがですか先生、みち子ちゃんは？」

みち子ちゃんというのは少女の名である。

「うん」

安原はうなずいたが答えようがない。実を云うと聴診の最中も、少女が咳きこむせいか、よくきこえなかったのである。

しかし患者が咳きこむとか、泣くからといってきこえないというのでは理由にならない。それでは小児科医なぞほとんど聴診ができないことになる。心臓音はともかく肺の音なら、患者が泣き叫べば叫ぶほど大きく空気を吸いこむのだから、かえってよくきこえなければならないはずである。

「心臓はやはり、かなりいけませんか？」

婦長の声は表面は丁重だが、どこかひんやりとしている。余計なことをして本当にわかっているの、といった意地悪さがこもっている。

安原は婦長の質問を無視したかったが、困ったことにその質問は婦長が医師に尋ねているというより、婦長が母親に替って尋ねているといった云い方である。

実際、母親は心配そうに安原の顔を見たまま答えを待っているのである。こうなっては安原もなにか一言答えないわけにはいかない。

「やはり心臓はかなり弱っているね、弁膜症もあるし……」

追いこまれた安原はカルテを見て、先の内科医が心臓所見について記載してあるとおりのことを、当らずさわらずに云った。

大体素人には難しいことを云ってもわからないのだから、この程度のことでなんとかごまかしがきく。

特に新味はない、ありきたりの答えだが、母親はそれで納得したらしく、軽くうなずいた。おかげで数分、少女の苦しみは延びたが、診察をしてもらった価値はあったというものである。

「五プロのブドウ糖にネオフィリン」

そこで安原ははじめて婦長に注射を命じた。

ところが憎いことに、安原がそれを云い終るか終らぬうちに、婦長の手にはすでに二十ccの注射筒が握られていたのである。

安原が診察し、注射を命じるまでもなく、婦長はその注射になることを見こして、先に注射液をつめていたのである。

手際がいいといえばそれまでだが、これでは新米医者の診察結果など、最初から当てにしていなかったことになる。

婦長の手にある注射筒を見て安原は再び怒りがこみあげてきたが、内容が指示したとおりであれば文句を云うわけにもいかない。なにせ患者は苦しんでいるのだ。

「さあ、ベッドに横になって」

安原はすべて指示どおり、といった顔付きで母親に脇のベッドを指差した。

注射が終り、少女が落着いたのは、それから十数分あとだった。発作がおさまると案外ケロリとしているのが喘息の特徴である。

「ありがとうございました」

母親と少女が同時に頭を下げて診察室を出ていった。

「お大事にね、みち子ちゃんもう大丈夫だから今晩はすぐ休むのよ」

婦長は愛想を云って見送る。安原にはそのいかにも患者さばきに慣れたらしい態度がまた腹が立ってくる。

母親の跫音《あしおと》が遠ざかり、婦長が蛇口で注射器を洗う。

安原は二人だけになったところで婦長になにか文句を云ってやりたいと思ったが、考えてみると云うだけの理由はなにもない。婦長は安原に云われるとおり聴診器を渡し、注射をうち、それで少女は発作がおさまったのである。

それより安原が怒りをおさえているのを知ってか知らずか、逆に婦長の方から尋ねてきた。

「先生、あの子の心臓はかなり悪いのですか」

「まあ、そうだな」

安原は少し勿体《もったい》ぶって答えた。

「弁膜症はどの程度ですか」

「大分すすんでいる」

聴診でなにもきこえなかった安原としては、この程度のことを漠然と答えるより仕方がない。

「治る可能性がありますか」

「難しいな」

答えながら安原はなにやら婦長にテストをされているような気持になった。

婦長は日頃の内科医と母親との会話から、この程度のことは当然知っていたに違いない。第一、こんなことを改めて新米の外科の医者に尋ねる必要はないのである。

「可愛《かわい》がられている」

ベテランの看護婦に新米の医師がからかわれるのをこういう。どうやら安原は婦長にそれをやられたらしいのだ。

「舐《な》めるな」と安原は叫びたかった。

「新米の医者と思って侮るとためにならねえぞ」と啖呵《たんか》の一つも切ってやりたい。だが婦長はなにやら流行歌なぞハミングしながら注射筒の水をきり、それを煮沸器に入れている。

残念なことに婦長の一連の行為に文句をつけるところはないのである。それどころか、ここで腹を立てては、自信のないのを自分からさらけ出すことになりかねない。

安原は口惜《くや》しさをおさえて聴診器を白衣のポケットに入れると、怒りを後姿に見せて診察室を出た。

ところが「可愛がられた」のはこれだけで済まなかった。

むしゃくしゃした気分を落ちつけるように安原は煙草《たばこ》に火をつけ、それを二、三服喫っていたが、ふと聴診器で喫うことを思い出して、聴診器の先の象牙の部分の穴に喫いかけの煙草をさしこんだ。

退屈な医学生がよくやる悪戯《いたずら》で、これを耳に当てる方の穴から吸いこむのである。二つある耳の穴の両方を吸ってもいいし、片方を指で押えて片方だけで吸ってもいい。こうするとゴムのチューブの部分がパイプの役目をなし、辛みが消えて喫いやすい。

安原は聴診器があまり好きでないから、時々こんな悪戯をする。こうして煙草を吸っていれば、聴診のほうはできなくても、少し高いパイプを買ったと思えば、あきらめもつこうというものだ。

ところがどうしたことか、安原がいくら吸っても、口元まで煙がやってこないのである。聴診器の先の煙草もいぶっているだけで、火がすすんでくる気配はまったくない。

どうしたことか、安原は聴診器の象牙の部分からゴムのチューブ、そして耳の金属部と、たしかめてみたが、象牙が割れていたり、チューブに裂け目がある様子はどこにもない。そのくせいくら吸いこんでも煙はこないのである。

こうなっては問題は管のなかである。安原は耳元の方から管のなかを覗《のぞ》いてみた。

そこで発見したのだが、驚いたことに耳にさし込む金属部のすぐ先の部分に綿がぎっしり詰めこまれているのである。

これではいくら吸ったところで煙は出てこないはずである。いやそれどころではない、聴診したところでなにもきこえるわけはないのだ。

「婦長のやつ……」

安原は地団駄踏んだがすでにあとのまつりである。

婦長は綿のつまった聴診器を安原に渡したのである。安原はそれとも知らず勿体ぶって聴診した。

綿がつまっているのを知っていた婦長には、そんな安原がどんなに滑稽にうつったことか……。

しかもご丁寧に、婦長は聴診の結果を尋ね、それに安原はいちいち、いかにもきこえたように答えたのである。

婦長は笑いをこらえてそれを聞いていたに違いない。

安原は直ちに看護婦詰所にいって婦長を怒鳴りつけようかと思った。いかに「可愛がる」とはいえ、これは度がすぎている。こんなことをされてはおちおち診察もしていられない。誰がみてもこれは婦長が悪い。

「くそ婆《ばば》ぁめ!!」

怒りで蒼《あお》くなった安原は白衣をきて、ドアの把手《とって》に手をかけた。

だがそこで彼は辛《かろ》うじて踏み止《とど》まった。興奮のなかのかすかな理性が、それは得策でないと囁《ささや》いたのである。

これから詰所に乗りこんで婦長を怒鳴りつけるのはやさしい。実際婦長たるものがこれだけの悪意に満ちた悪戯をしたのだから、その程度のことをしたところで文句の云われる筋合いはない。

だがこれはあくまで表面の理屈である。表立ってはそれで筋がとおり、それで安原は面目を保てる。しかしそれはあくまで表だけのことである。

裏ではなんと云われるか、おそらく怒鳴ったり殴ったりしたら婦長は泣くだろう。四十を過ぎた意地悪婦長が、さめざめ泣く姿なぞ、さまにもならないが、彼女が泣いたことはもう一人の准看の口を通じて病院中に拡まることは間違いない。

するとまず安原がここにいづらくなる。医者といっても、どうせ一カ月の予定で、浮草のように東京から来ただけである。病院の職員達は表面は医者を立てているが、心の底ではよそ者だと思っている。どうせ一カ月経ったら帰る人である。理屈はともかくよそ者にあまり好意は抱いていない。

それ以上に安原に具合が悪いことは、これが人の噂《うわさ》になれば、彼は聴診できこえもしなかったことを、きこえたように喋ったことまでバレてしまう。新米医者の権威のなさを、自分から白状するようなものである。

これはいかん。

ここは忍の一字、ともすれば腹立つ心をおさえて、それにまさる手を考えなければならぬ。

十分後、安原は詰所に電話をして婦長に当直室まで来るように云った。

「なんの用事でしょう」

脛《すね》に傷ある婦長は早くも警戒する。

「ちょっと患者のことでだ」

聴診器のことだが患者と無縁ではない。この程度の嘘はこの際致し方ない。

「江川さんではいけないのですか」

婦長は准看の江川に替りに行かせようという腹である。

「いや、君が来てくれ」

「………」

「早く、いますぐだ」

数分後に婦長がコツコツと当直室のドアをノックした。

安原は聴診器を右手にもってドアを開けた。不安げな婦長の顔がドアの手前に立っている。

「さっきはご苦労さん」

ここが我慢のしどころである。怒りをおさえて安原はできるだけ優しく云った。

「これ、直しておいてくれ」

安原が聴診器をさし出すと、婦長は慌てて目を伏せた。

「患者の前で綿をほじくるわけにもゆかず、本当に困ったよ」

そう云うと安原はかすかに笑ってドアを閉めた。

「それからはどうなったの？」

私が尋ねると安原はにやにやして云った。

「その婦長からはいまでも年賀状が来るよ」

三

もう一つ、聴診器への恨みで安原が忘れられないことがある。

それは安原が医者になって一年経ち、甲府から五キロ先のS町の町立病院へ出張した時のことである。

この病院は房総の病院と同じく、外科には安原の先輩の医師がいて、内科には同じ大学から来ている医師が二人いた。

このころは入局して一年経ち、後輩も新しく入ってきて、安原はもう新兵ではない。兵隊の位でいうと星一つ増えた一等兵というところである。医局会などの時の坐り方も新入医局員が入ってきた分だけ、上の方におしあげられ、これまではるか末席から教授の顔を眺めていたのが、それだけでずい分間近に見えるようになった。

一年前は診断書の書き方や手洗いのやり方など必死に憶えたのが、いまは逆に教える立場である。

手術のほうはまだ一人前とはゆきかねるが虫垂炎ぐらいなら、破れて腹膜炎を起した難しいものでも出来る自信はある。

入局して三カ月して房総の病院へ行き、婦長にいびられたころとは違うと、いまではかなりの自信もある。

彼がS町立病院へ来たのは、こんな状態の時であった。

だがこの彼にも一つだけ不安なところがあった。それは幸か不幸か、入局して一年になるというのに、まだ臨終の場面にぶつかっていないのである。

医者が臨終の場面にぶつかるかどうかは、運、不運のようなものがある。ついている男は月に二回も三回もぶつかるが、ついていない男は安原のように一年経ってもぶつからない。

もっとも臨終によくぶつかるほうが運がいいのか、或《ある》いは不運なのか、その辺りになると、人それぞれによって考えが異なるが、大体において若い時にはなんでも経験しておいたほうが得だから、その点から云うとぶつかるほうが運がいいということになる。

しかし安原だって大学病院の、しかも外科のような殺風景なところに一年近くいたのだから、人の死んでいくのは何度か見ている。

近くの病室の患者が死にそうだとなると、昼間なら看護婦詰所が慌しくなり、酸素ボンベや点滴ビンをもった看護婦が、廊下を小走りに行き来するから、危篤患者が出たことはすぐわかる。そんな時、看護婦のあとをついて行けば自分の受持ちの患者でなくても臨終場面はいくらでも見られる。

だがこれだけは手術と同じで、数多く見さえすれば覚えるというものではない。やはり自分の責任において処置をし、それでも効果なく死んでいく、その心臓の止る一瞬まで聴診でたしかめ、死を見届けるのでなければ覚えないし、度胸もつかない。

ところが、死んでいく患者を医師が一人で看取《みと》るのは、大きな病院では当直の夜が多い。

新米医者でも、医局に入って半年も経つと、そろそろ夜間当直をやらされる。初めのうちは重患のいる日には、先輩医師が一緒に泊ってくれたり、替ってくれたりするが、いつまでもそんな好意に甘えているわけにもいかない。どこかで一本立ちをしなければならない。

それに今夜は比較的病室が静かだから、と思って、暢気《のんき》に当直をやっていると、安静なはずの患者が急変したり、瀕死《ひんし》の急患が運ばれてきて「かつぐ」ということになる。

ことわっておくが、この「かつぐ」とは医者仲間の隠語のようなもので「死体を担架で担ぐ」ということで、患者の死に遭遇することを云う。

まったく死はいつやってくるかわからない。自分の死でさえわからないのだから、沢山の病人を抱えている病院はいうまでもない。

だから病院には必ず当直医がいる。大きな病院では各科に一人ずついるが、中小の病院では全科をとおして一人ということになる。あるいは外科系一人、内科系一人という所もある。

いずれにせよその夜に起きたことに関しては、当直医は全ての責任をもって処置しなければならない。

新米医師の第一の関門はこの当直である。

患者が落着いていれば当直医はのんびりできる。新米の医者から云わせれば、冷汗をかかなくて済む。いわゆるボロを出さなくて済むというわけである。しかしいつもこんな状態では経験を積むことができない。ボロを出すのを怖がっていては、いつまでたっても新しいことを覚えない。

この意味で静かな当直は新米医師にとって痛し痒《かゆ》しというわけである。

勉強のことから云えば、当直の夜は多少荒れたほうがいい、ということになる。もちろんこの場合、できそうもないところまで荒れられては困る。今日、明日にもゆきそうな患者がいる時には、あらかじめその主治医から指示をもらっておくのがいい手である。

誤解されないようにもう一度ことわっておくが、ゆきそうなというのは、天国へ行く、ということで、死にそうな、という意味である。セックスとは関係ない。

たとえば癌《がん》の末期の患者がいて今日、明日あたりが危ないというような場合には、まず呼吸が乱れてきたら、酸素吸入をし、血圧をはかり、点滴をする。こうしたうえでAとBの注射をやる、といった具合にカルテに書いておいてもらう。当直医はそれにしたがってやるだけだが、家族のほうには、その医者が自分の考えで、てきぱきやっているように見える。

それでもわからなくなったら、受持医か近くの先輩の家に電話をかければいい。新米医師の当直の夜には、こうした緊急の場合に備えて、一人でできない時は○○先生へ電話をすること、といった代替要員がいる。まあ、云ってみれば電車の運転手に対するATSみたいなものである。

急患が運びこまれてきて、診るとすでにショック状態で、内臓破裂などあるらしいが当直医一人ではとても手に負えない、というような場合には、直ちにこの代替要員が呼び出される。

しかし入院患者で、すでに死はさけられず、この二、三日がヤマ、というような場合には、ほとんどは当直医が看取り、代替要員を呼ぶようなことはない。この場合は患者はともかく、家族は死をある程度納得し、あきらめているからあまり問題はない。

この患者の死を看取った時、医師は家族へなんと云うべきか、いわゆる「かつぎ方」だがこれには礼儀作法というとおかしいが、必ずしも定まったやり方というものがない。

たとえば医師が聴診器を当てながら患者の顔をじっと見ている。その周りを家族がとり巻き、どうなることかと息を潜めている。死が迫ったベッドの周辺はいつもこうした緊迫感が漲る。

やがて呼吸が止り、心臓が止った。この時、医師はどうしてその死を家族へ告げるか。まず第一に考えられるというより、自然にやることは、そっと聴診器を患者の胸元から離すことである。

その動作だけで家族ははっと思う。怖《おそ》る怖《おそ》る医師の顔を見上げると、医師の眉間には皺《しわ》がより、一目で深刻な表情とわかる。

「死んだ」と思う。だが医者はまだなにもいわない。

家族の喰《く》らいつくような視線が一斉に医師に注がれる。医師はその視線を痛いほど感じる。

この時多くの医師は、聴診器を両手でまるめて、患者さんの方へ向かって、そっと頭を下げる。

この場合、聴診器を完全に白衣のポケットにしまいこんでしまう人もいるし、左手にだらりとぶら下げている人もいる。多少の違いはあるが、患者へ無言のまま頭を下げるところは同じである。

聴診器を患者の胸元から離したことで、はっとした家族は、次に医者が頭を下げたことで完全に死をさとる。

やっぱり駄目だ……。

その瞬間、医師に向けられていた家族の視線は患者へ戻り、次の瞬間、わっとばかり患者に抱きつく。

「お父さん」「パパ、パパ」「あなた」

さまざまな声が交錯するなかで、もはやベッドの上の人は動かない。

家族にとり巻かれた死者を見て、医師は死後の処置をするよう看護婦に目で合図をし、それからもう一度、死者に目礼をして病室を出る。

これが死を看取る時によくある医師の一つの型である。

家族の側からはともかく、医者の側からだけ云えば、これは割合やり易《やす》い看取り方である。

なぜならこのやり方ならなにものを云わなくて済む。黙って聴診器を外し、頭を下げればそれでいいのである。

もちろんこの時、重苦しく深刻な表情をしなければならない。眼の前の患者が死ぬ、その姿を見て陽気になる人はまずいない。

これで今晩はのんびり休める、などと思っても、それは死体清拭も終ったあとのことで、息絶えた瞬間、よかった、などと思う医者はない。いや、たとえ思ったとしても死を前にしては、一瞬の暗い表情はごく自然に生まれてくるものだ。

ところで第二というより、もう一つの型として、この時なんらかの台詞《せりふ》を云う医者もいる。

聴診器を外し、頭を下げることで、家族が死が訪れたと察してくれればいいが、なかには「先生どうしたんですか」などと尋ねる家族もいる。尋ねないまでも、改めてもう一度聴診器を胸におくのではないか、と期待に胸ふくらませている暢気な人もいる。

時には「死んだの、生きてるの、どっちですか」などと興奮のあまり、怒鳴る人もいる。

そういう人達のために、というよりむしろ自分自身へ患者の死を納得させるために、

「駄目でした」

と云って頭を下げる医師もいる。

こう云われては、いかに鈍感な家族でも、興奮している人でも、眼の前の患者が死んだことだけはよくわかる。

だがこの死を告げる時に使われる言葉はこれだけではない。ほかに、

「いけません」と云う人もいる。

これはなんだか碁や将棋の投了に似ている。もっともあの場合はまだ完全に詰んでい

なくても、負けを予測して投げるのだが、この場合は完全に詰んでいる。

「お亡くなりになりました」というのもある。

これはまことに言葉どおり、明快である。

もっとも数カ月も寝たきりの意識のない患者で、危篤状態が幾日も続いたあと死んだような場合には、この台詞はいささか迫力がない。息をしているとはいえ、死を待つばかりだったときは、亡くなったといっても実感が薄いのである。

この言葉の頭に「ただいま」をつけ、「ただいまお亡くなりになりました」と云う医師もいる。こうするとさらに明快である。

いささか報告調だが、いま死んだ、という事実だけははっきりしている。

ところでこれは少し変り種だが、稀《まれ》に、

「ゆきました」

という医師もいる。これは先の「天国へ行く」からとったのだが、なにかしっくりこない。それにセックスの場面を想像したり、駅員の台詞のようでもあり、あまりいただけない。

この数ある台詞のなかで比較的望ましいとされているのは、

「いろいろ手を尽しましたが、至りませんで申し訳ありません」

と云って頭を下げるやり方である。

これには死の告知とともに、医師としてやり終《おお》せなかった悔いや謝罪の意味もあり、聞いていて気持もよい。

患者の治療に努めながらも、その患者によって自分も経験を重ねてきた医師として、妥当な表現かもしれない。

しかしこの台詞は実際、その場になるとなかなか云えないものである。死の差し迫ったベッドの周辺は、こんな台詞を長々と云うほど悠長な感じのものではない。無言のなかにも周りの人達の神経がピリピリしている。こんな時、このような長々とした台詞を云っては、途中で家族が泣き出したり、死者にすがりつく者も出て、声がかき消される。心構えはかくあって欲しいが、台詞となるとその割に冴《さ》えないようである。

そこで、というわけでもないだろうが、

「申し訳ありません」

と短く云う場合もある。万感その一語に含めるというわけである。

ただし受持医でもなく、死の当日だけ当直で偶然かついだ医師であると、この言葉は必ずしも実感だとは云いかねる。

申し訳ないのは誰なのか、などと心のなかで思っていては言葉に心がこもらない。しかしこの言葉は「お亡くなりになりました」という台詞とともに、割合よく用いられているらしいのである。

こういう言葉と同様、動作のほうも、よく見るとさまざまである。一般的には頭を下げるが、なかには一礼のあと合掌する人もいる。お経を唱える、そんな医者はいないだろうが、瞑目《めいもく》し合掌するのは、見ている家族達にも気持がよい。敬虔《けいけん》な感じがする。

もっとも多くの家族は死んだとなると、死体にすがりつき、医師の姿などあまり見ていないものであるが。

いずれにせよ死を看取る医師にとって、患者の死は家族達より、はるかに正当で合理的な事実である。そこに悔いや悲しみはさほどない。

したがって家族のようには取り乱さず、冷静であるのは当然である。

結局、医師は冷静を保ちながら、死んでいくものへ冥福を祈る。その気持が素直に現われていればいいのである。

興奮してぼんやりつっ立ったまま、「死んだ」などと他人《ひと》ごとのように云うのは困る。死を自分の責任において看取ったことのない新米医師にとって、この臨終場面に最初に出っくわす時は、かなり不安で無気味なものである。

なにせ医師は死の宣告者であり、死の悲しみの司祭者であるのだ。敬虔ななかにも正確を期さねばならない。間違ったりしないだろうか、きちんと死の訪れを云えるだろうか、その時おろおろして家族や看護婦に軽く見られないだろうか、などと不安の種は尽きない。

しかし医者である以上、臨終の場にはいつかは遭遇する。新米医師がぶつかった場合は「俺は昨日かついだぞ」と早速同僚に報告する。

まずまず無難にこなしてくると、なにか晴れがましいことでもしたように意気揚々として、「なに、かつぐなんて、どうってことはないよ、要は落着くことだよ」などと、まだ経験していない友達に云ってみたりする。

たいして偉いことをしたわけでもないのに、それで一廻り大きな医者になったような顔付きをし、それを見る同僚達も、その男へ一目おくようになる。

不思議なことで、人間、人間の一番怖ろしい状態を見たことで、妙に自信がつく。やがていつかはかつぐと知りながら、それにぶつからない間はなにか落着かず、医師としての自信もできない。

「早くかつぎたい」

それは口には出さないが新米医師達の等しく望んでいるところであり、反面怯えているところでもある。

それにしても安原はなんとも不運な男である。大学病院に一年もいて、まだかついでいないのである。だがこれだけはいかに本人が望んだところでどうなるものでもない。

死んでゆく相手、すなわち患者さんがいないことには成り立たない。

ところが運とは皮肉なものだ。いや、かつぐことを運などと云っては罰が当る。医者には得がたい経験かもしれないが、死んでいく患者や家族にとっては重大事である。しかしこの際は、安原の立場になって、こんな言葉を使うのも許していただきたい。大学病院のような大きなところにいて、一度もかつがなかった安原が、S町の町立病院へ行って三日目にかついだのである。

その夜は五月の初めだというのに、朝から梅雨でも来そうなむし暑い日であった。五時になり、医師達が帰りはじめた時、安原は内科の医師から、「八号室に肝硬変で入院している患者が、このところ急に衰弱し、今日あたりあるいはゆくかもしれないのでよろしく頼みます」と云われた。

この患者は一週間前にも危篤になり、その時も、受持ちの内科の医師はその夜の当直者に、「もしいったらよろしく」と頼んでいたが、奇跡的にもち直していた。

安原は一度かつぎたい、と思っていた矢先だから、もちろん文句はない。有難くおうけします、というわけでもないが、まずそれに近い気持であった。

皆が帰って病院のなかが、安原と二人の当直看護婦だけになってから、彼はその患者のことが気になって、看護婦にカルテを出してもらった。

患者はこの町に住む製材会社の専務で、中村という五十二歳の男性だった。

カルテを見るとなるほど一週間前の夜に、呼吸困難におちいり、その時は運よく内科の医師が当直に当っていて、応急処置がとられている。処置の内容は、酸素吸入に点滴、強心剤のテラプチクがうたれ、さらに輸血がおこなわれている。

余程心臓でも強い人なのか、その日八時の夜廻診で安原が見た感じでは、全身、骨と皮ばかりに痩せこけ、顔は黄疸《おうだん》で黄色くむくんでいるが、意識ははっきりしている。

「今夜はかつぎそうかな」

安原は廻診を終って詰所に戻ってから、看護婦に云ってみた。

「危ないのは中村さんだけですけれど、多分大丈夫だと思います」

「しかし内科の先生は危ない、と云っていたぞ」

「毎日危ない危ないといっていますけど、意外に保《も》つんです」

看護婦達は危篤慣れしているのか、さして動じる気配もない。

「でもわからないな」

「あたし達、つかない方ですから御心配なく」

「つかないことでは、俺もつかない」

「じゃあ大丈夫ですよ」

看護婦達と話しているうちに安原もなんとなく、今夜は大丈夫なような気がしてきた。

彼は十時まで詰所でテレビを見て、そのあと当直室へ戻り、そこで医学雑誌を読んで十一時半に床についた。

床につく前、詰所へ電話をして病室の様子をきいたが、看護婦の答えは「別に変りありません」という答えだった。受話器をおきながら安原は、また今夜もかつがなかった、と一瞬、安堵と期待外れの入り混った奇妙な気持にとらわれた。

神様が当直者達の油断を見透かしたのか、あるいは安原へ「かつがせよう」という配慮なのか、翌日の明け方四時に安原は当直室の電話のベルで起された。

「中村さんがおかしいのです、すぐ来て下さい」

「どうしたのだ」

「いま少し前、急に苦しがってそのまま」

「よし、すぐ行く」

いよいよかつぐのか、安原はセーターとズボンの上に白衣だけ引っかけ、足は素足にスリッパのまま八号室へ駆けつけた。

病室は二人部屋だが手前のベッドは空いていて、個室と同じだった。その奥の窓際のベッドに黒い人影が二つある。一つは看護婦の相川であり、一つは中村の妻であった。

安原は看護婦の手から聴診器をうけとるとすぐ心臓に当てた。

トン・ツー、トンツートン

と心臓は弱々しく不規則だが、動いている。左右の脈は強く押すと辛うじて触れる。

しかし、数えるのは難しい。

枕元の電気で浮かんだ患者の顔は蒼ざめ、眼は半ば開いたまま宙に向けられている。

呼吸は小鼻がかすかに動くだけで、胸の呼吸はほとんどない。

「おかしくなったのはいつからだ」

「十分くらい前でしょうか、突然呼吸が変になったのですね……」

看護婦が妻に尋ねる。妻は目だけでうなずく。

長い衰弱のあとに心不全が現われたことは疑いがなかった。

「すぐ酸素吸入を、それからブドウ糖とテラプチク」

安原は眠る前、カルテで読んだと同じ指示を出した。一度、危篤になった時にやって
回復した注射だから、悪いわけはない。看護婦が急いで詰所に戻る。

「駄目かも知れない、すぐ家族を呼ぶように」

「さっきお宅の方に連絡しました」

不安でものも云えない妻に替って看護婦が答えた。

「すぐ来るんだな」

「ええ、近くですから」

「点滴の準備をしてくれ」

「なにをしますか」

「輸血はないか」

「ありません」

「じゃ五プロのブドウ糖でいい」

また看護婦が駆けていく。

病室のまわりはたちまち動き出した工場のように活気を帯びてくる。

安原は左手で患者の脈をふれながら、聴診器を心臓に当てていた。

トツン、トン、トツン、ツー
と心音の不規則はさらに強まる。手首の動脈を強くおしても脈が触れないところをみると、心臓がかなり弱り、血圧がゼロに近いことを示している。

腕時計は四時十分だった。明るくなるまでにはまだ一時間はある。

夜明け前にかつぐことになりそうだ、と安原はまだ星が出たままの空を見て思った。

看護婦が戻ってきて酸素ボンベを枕元へ置き、そこからゴムチューブを引いて先端を患者の鼻腔《びくう》にさしこんだ。続いて肘の静脈に針をさしこむ。痩せこけて静脈は浮いてみえるが、血圧が低いために血管をとらえにくい。

二度ほど逃して、針はようやく静脈に入った。すぐ全開で点滴をはじめ、そのチューブの途中から強心剤をうちこむ。

それが効いたのか、一分もせずに心臓の音は高くなり、リズムもやや規則正しくなる。気のせいか患者の顔もかすかに血の気が甦《よみがえ》ったように見える。だがそれも一時で二、三分もすると心音はまた弱くなり出す。

「どんどん点滴を落して」

安原が命じ、看護婦が動く、その間、患者の妻は放心したようにベッドの横にうずくまったまま、夫の顔だけを見ている。

小走りに五、六人の跫音が近づいたのはそれから数分あとだった。相川看護婦がドアのところで二言、三言話して戻ってくる。

「先生、家族の方が見えました」

「入ってもらって」

妻がすぐ顔をあげて入口の方を見る。患者の兄弟か、似たような年輩の男性二人と、婦人が一人、それに患者の子供か、二十歳前後の娘と息子、高校生らしい男の子が続く。新しく入ってきた六人に妻を加えて、ベッドのまわりは人々でうずまる。

心臓はさらに弱まり、初めにはかすかに触れた脈も消えている。

「テラプチク、一箇追加」

「はい」

「それとエフェドリン」

「はい」

一言云う度に家族達は怯えたような視線を安原へ向ける。医師の一挙手一投足も見逃すまいと張りつめている。彼等は父や夫のすべてを安原にあずけているのである。緊張の真只中《まっただなか》にありながら安原は心地よかった。すべての人が自分を見守り、信頼している。この場では自分が絶対的な主役である、その実感が若い安原を一層奮い立たせる。

看護婦が新しい注射筒を持ってきた。二度目の強心剤である。いまはもう注射を直接、心臓にさすのが最も効果的である。安原は注射筒を心臓部の上に垂直に立てた。

家族達の目が一斉に安原の手元に注がれる。人々の視線を感じながら安原は心をきめると、えい、とばかり刺し込む。たちまち注射筒に血が逆流し、液は真紅になり、それが再び心臓へ押し込まれていく。

液のすべてが心臓に入ると同時に患者が呻き、それを見ている家族達の間から溜息《ためいき》が洩《も》れる。強心剤を心臓へ直接注入した効果はさすがで、心臓は再び打ち返し、脈は、ツ・ツ・ツーと小波《さざなみ》のように触れてきた。

だがそれが続いたのも、そのあと四、五分だけだった。再度の注射で、一時リズムを回復したと思われた心臓は、やがて再び音が弱まり、不規則で不明確な音に変っていった。

不全におちいった心臓はもはや、なにをしても効き目がないのだった。

また一分経ち、心音はさらに弱まり、呼吸は鼻翼にかすかに認められるだけで、睫《まつげ》に触れて瞬く瞳孔反射もはっきりしない。

安原は相変らず右手で聴診器を心臓の上に置き、左手で脈を探っていた。

病室は静まり返り、患者も家族も互いに死んだように息を潜めていた。沈黙のなかで七人の視線だけが時々動く。

さらに一分経った。

いまは心臓の音もかすかで、聴診器の先を胸元に強く押した時だけ、辛うじてききとれるほどだった。

死はもうそこまできている。一つの個体がゆっくりと生から死へ、転回しようとしていた。

いよいよかつぐ、と安原は思った。すると奇妙なことに、死が決定的になった瞬間、どうしようかと、そのことのほうが気になった。

七人の家族と二人の看護婦が息をつめて見守っている。みな患者が死ぬことはすでに了解している。問題はその死がいつ訪れるかということだけである。いま七人の家族はその瞬間を待っている。その七人に死を告げるのは自分である。

安原は自分が大変な立場に立たされているのに気づいて驚いた。この場は患者という役者がいて、家族という観客がいる。安原が手をあげ、ある瞬間が来たことを告げると途端に役者は死んだことになり、観客は一斉に泣き出す。かくして舞台はクライマックスに達する。ところでどこでその指示を出そうか。

安原はいつか自分がこの舞台の演出者になっていることに気がついた。うまくリードできるか。

彼がその不安にとらわれた時、患者のそれまでかすかに動いていた鼻翼の呼吸が跡切《とぎ》れ、それと知った七人の人達が一斉に身を乗り出した。

安原はさらに強く聴診器をおしつけ、心音を探った。

だが音はない。呼吸も脈も心臓も、どこにも音はない。

「死んだ」と安原は思った。するとごく素直にその言葉が口から出た。

「死にました」

安原はそれを口のなかでつぶやいたつもりだったが、気づいた時は声になっていた。

家族は一瞬、安原の方を振り向き、そこで死をたしかめると、慌ててベッドの方へ向き直った。

「お父さん」「おい」「パパ」「兄き」

さまざまな声が湧き水のように湧き上り、死者はたちまち家族の頭や上体のなかに埋まってしまった。

安原は聴診器を患者の胸から離し、それを手にまるめると、人々に埋もれた患者へ向かって頭を下げた。

終ってみると呆気《あっけ》ない、簡単な死の訪れであった。安原は死体にしがみつき、泣いている家族を見ながら自分の役が終ったのを知った。

だが彼が動転するような事態が起きたのは、そのすぐあとだった。

「あっ……」

彼が死者に背を向け、ドアに近づこうとした時、驚きとも、悲鳴ともつかない声が人々の間から洩れ、七人が一斉にベッドのまわりから身を退《ひ》いたのである。

「先生っ……」

相川看護婦が鋭く叫んだ。ふり向いた安原の眼にそこに、「ふうっ」と大きく息を吐き出している患者の姿がとびこんできた。

「まだ生きてる……」

妻が両手をベッドの脇についたまま抗議するように安原を見上げた。それにならって六人の視線も一斉に安原へ向けられた。

いま「死にました」と云ったばかりの患者が悠々と息をしているのである。しかもその周りには夫や父が死んだと思って嘆き悲しんでいる家族がいる。

安原の頭に、チェーン・ストークス呼吸のことが思い出されたのは、その時であった。

「失敗《しま》った」

それを思った途端、安原は眩暈《めまい》を覚えた。

どうしてもっと慎重にやらなかったのか、そんなにあわてることはないのに、馬鹿な奴だ、さまざまな悔いが一度に彼の頭にふりかかってきた。

チェーン・ストークス呼吸とは死の前に、波のように大きく現われる呼吸のことである。死が迫り、呼吸が止った瞬間、体内には酸素が欠乏し、炭酸ガスが増える。この炭酸ガスが一時的に脳の呼吸中枢を刺戟して、数回の大きく波うつ呼吸を起させる。この呼吸が現われたら死が目前に迫ったことを意味するが、まだ死ではない。完全な死はこれが跡絶えたあとである。早まって、最初に呼吸が止ったところで死を宣告すると、あとでこの呼吸が現われてなんとも恰好《かっこう》のつかないことになる。

安原はよりによって、この最悪の事態に落ちこんでしまったのである。

四

「それでどうしたんだい」

私は笑いをこらえて安原に尋ねた。彼は唇をへの字に曲げ、腕組みしていたが、

「仕方がない、説明したさ」

「なんて？」

「死ぬ、ってさ」

「死ぬ……」

「そうだ、すぐ死ぬから安心して下さい……」

ついに私は吹き出した。医者が家族に、すぐ死ぬから安心して呉《く》れ、ということがあるだろうか。

「だってそうしか云いようがないだろう」

安原は憮然《ぶぜん》とした表情で、髭をしごいている。

「それで……」

「二、三分後に本当に死んだよ」

「そりゃそうだ」

「いや、正直云ってあの時、生き返ったらどうしようかと思った」

「医者の面目丸つぶれだな」

「そうだ」

私はなおも笑いを噛み殺して尋ねた。

「それにしても患者の家族は面喰ったろう」

「そうらしい、俺が〝今度は本当に死にました〟と云ったら、きょとんとしていた」

「そのあとは」

「本当に死んだから別にどうもならんが、綽名をつけられた」

「なんと？」

「誰にも云うなよ、これはあの当時の外科の大沢先輩と、看護婦しか知らんのだ」

「云わんよ、なんと云われたのだ」

「すぐ死ぬ先生」

「すぐ死ぬ先生？」

私が笑うと、安原も自分であきれたのか、笑いだした。

「あの病院が嫌になって、三カ月の予定のところ、一カ月でお袋の体が悪いという理由で大学へ帰らせてもらった」

「先輩に叱られたろう」

「死を告げるのに慌てる奴がいるか、と怒鳴られた。呼吸も心臓も完全に止って、もう絶対に生き還《かえ》らないという時になって宣言すればいいのだ、そんなこと何秒早く云ったからって、なんの足しにもならねえ、って」

「そりゃそうだ」

「本当に参ったが、おかげでよくわかった。昨日も若い医者に、かつぐ時には慌てるな、と云ってやった」

「自分の例を出してか」

「いや、俺の同期の友達ということにしてある」

「おいおい……」

「名前は出してないから安心せい」

あきれた男だと私は仁王様のような安原の顔を見た。

「その後、S町には行っていないのか」

「行ってないが、大沢先輩にはたまに逢う」

「いまでもその時のことを云われるだろう」

「もう十七、八年も前のことだ、そんなことは俺にはいわん。しかし若い医者には時々云っているらしい」

「お前の名を出してか」

「もちろん出さん、いまは偉くなった某先生というだけだ」

云いながら安原は薄くなった髪の毛をかきあげた。

「そんな事件があったとは知らなかった」

「もう聴診器はこりごりだ」

「屈辱の聴診器というわけだな」

安原は一旦うなずいたが、すぐ思い直したように、

「しかし、俺はこのごろ必ずしもそういうふうには思わなくなってきた」

「あの人の場合はミスをして申し訳なかったが、しかし張合いというか緊張感があったからな」

「どういうことだ」

「死ぬ瞬間だ、緊張感はあるだろう」

「そうでもない、周りに家族や親戚が多ければ多いほど、やはり張合いがある」

「まあ、そうかもしれないが……」

「お亡くなりになりました、と早く云っても、遅く云っても、云った甲斐がないというのは淋しい」

「そんな場合があるかな」

「一人で死んでいく人を見送る時だ」

「なるほど」

「早く云い過ぎても、まわりには怒る人も、笑う人もいない」

「家族に見捨てられたか、全然いないのか……」

「笑われても、噂になっても、やはりかつぐのに張合いがあるほうがいいよ」

安原はそういうと、見てきたいくつかの死を回想するように、その大きな目を白茶けた壁の方へ向けた。

球菌を追え

一

K出版の由良《ゆら》二郎から生駒《いこま》に電話があったのは五月の連休が終ったあとの火曜日の昼過ぎであった。その時、生駒は外来を終え、医局で出前のザル蕎麦《そば》を食べはじめたところだった。

「ずいぶん久し振りだな、変りないか」

「まあね……」

由良の返事はどこか元気がない。

「急に思い出したように電話をよこして、どうしたんだ」

「実はちょっと相談したいことがあってね」

「また取材か」

「今度は違う、電話ではちょっと云いにくい。できたら今夜にでも逢いたいんだが」

「ずいぶん急な話だな」

「早いほうがいいと思って、今夜は無理か」

「今日は、夕方から後輩の結婚式が一つある。そのあとでもよければいいが」

「遅くなってもかまわん、とにかく今夜逢ってくれ」

「なにかしらんが、大分急いでいるらしいな」

「ところで結婚式は何時に終る？」

「披露は五時からだから七時少しには終る、場所は新宿のK会館だ」

「じゃ八時に歌舞伎町の『まき』でどうだ」

「いいだろう」

「先に行って待ってる、とにかく来てくれ」

　由良と生駒は高校時代の同級生でともに今年三十五歳である。大学になって生駒は医学部にすすみ、現在は目白にある国立病院の泌尿器科に勤めている。由良は文学部を出てK出版に勤め、いまは週刊K誌の編集次長である。

　家は、生駒が中野で、由良が高円寺と近いが、互いに忙しくて滅多に逢わない。新制高校の八期で、毎月八の日に気の向いた連中だけが新宿の「まき」に集るが、その機会を利用して年に二、三度、そこで逢うだけである。

　その由良が突然電話をよこして、しゃにむに今夜、逢おうというのだから普通ではない。余程急いで相談したいことがあるのかもしれない。

特別、金に困っているとも思えないから、病気のことか、さもなければ取材のことかとも思う。

週刊誌が身の下のことを頻繁にとりあげるようになってから、由良は度々、電話をよこして、男性の不能や不感症などについてコメントを求めてくる。

生駒はそんなのに答えて、タレント医者になるつもりはないから、乗り気ではないが、由良からの質問では答えないわけにいかない。仕方なく、名前は出さない、という条件で答えてやる。

週刊誌のコメントと云っても、軟派のほうで自分の名前が出るのは、あまり感心したことではない。

それにしても今日の電話の様子はずいぶん真剣そうであった。生駒はなにごとかと案じながら食べかけのザル蕎麦の前に坐った。

二

「まき」は簡単な日本料理屋だが、入って左手にカウンターがあり、右に小上りが並んでいた。八の日会で同期の連中が逢う時はこの右手の小上りに行くことになっている。

生駒が「まき」に着いたのは八時五分前だったが、由良はすでにカウンターの一番奥に来て待っていた。

「早くきたのか」

「いや、少し前だ」

普段は約束の時間に必ずといっていいほど遅れてくる由良が、時間通りにくるのも珍しい。

「突然なので驚いた」

「無理に呼び出して済まん」

生駒は結婚式の帰りのせいもあって、背広にネクタイをしていたが、由良はクリーム色のポロシャツに縞《しま》の背広、というラフな身装《みなり》をしていた。

由良の横に坐って、おしぼりで顔を拭きかけて、生駒は由良の前のグラスがオレンジ色の液体なのに気がついた。

「なんだジュースを飲んでいるのか」

「うん、ちょっとね」

由良は照れたように顎に手を当てた。酒でもウイスキーでも、なんでもござれ、の由良が、ジュースとは珍しい。

「どこか悪いのか」

「いや、うん……」

由良の返事は要領をえない。改めてみると、気のせいか、顔色も少し冴えない。

生駒は酒とアスパラを頼んでから、背広を脱いで坐り直した。

「で、相談というのはなんだ」

「実は、なっちゃってね」

「なった？」

生駒がきき直すと、由良は照れたように、額に垂れてきた長髪をかきあげた。

「なったって、なんだい」

「ちょっと、あそこの具合が悪くて昨日、病院に行ってみた」

「あそこって、ここか」

生駒は自分の股の間を指差した。

由良はうなずくと、

「そうしたら、淋しい病気だといわれた」

「なるほど」

いつになく口籠り、ジュースを飲んでいたのはそのせいかと、生駒は改めて由良を見た。

「痛みがあるのか」

「普段はたいしたことはないが、小便をする時に少し……」

「膿《うみ》もでるのか」

「どうも出ているらしい」

「いつからだ」

「おかしいと気付いたのは四、五日前からだが、たいしたことはないと思って放っておいた。お前にきいてみようかと思ったけど、連休だったしな」

「それで、どこの病院にいったのだ」

「会社の近くの、池田という外科の病院だ」

「はっきり淋病《りんびよう》だというのか」

「その先生は、そういっていた」

燗《かん》がついて、銚子《ちようし》が生駒の前におかれた。生駒はそれを自分の盃《さかずき》に注《つ》いでから、もう一つ盃を頼んだ。

「飲まないか」

「飲んでも大丈夫か」

「薬はのんでるのだろう」

「これを昨日からもらって飲んでいる」

由良はポケットから袋をとり出し、白と青二色のカプセルと、粉薬を見せた。

「両方一緒に、六時間おきにのんでいる」

生駒のみたところでは、白と青のカプセルは抗生物質で、粉薬は胃の薬のようだった。

「薬をのんでいるのなら少しくらい飲んでもいいだろう。酒を飲んだほうが血の巡りもよくなって、薬がよく行きわたる」

「本当か」

「病気の時、酒を飲んじゃいけないというのは古い医者でね、俺は新しい医者だから、少々なら飲んだほうがいいでしょう、とむしろすすめている」

「怪しいな」

由良は半信半疑の顔だが、それでも好きなだけに、つい盃に手がいく。だがすぐ思い出したように、

「まてよ、飲む前に薬をのんでおいたほうがいいかな」

「この前は、いつのんだのだ」

「五時過ぎだから、まだ三時間しか経っていない」

「じゃあまだいいだろう」

「だって、酒と一緒にのんだほうが、よく薬がゆきわたるのだろう」

「いくらのんでも同じだよ」

生駒は苦笑して、由良の盃に酒を注いだ。

「いまは淋病なんかは、そう怖くはない。薬だけのんでいれば、すぐ治るよ」

「昨日からだけど、もうかなりいいんだ」

「いい薬がある時代に生まれてきて、幸せなことだ」

「そうだな」

由良は素直にうなずいたが、いま一つ元気がない。

「相談というのはそのことだろう」

「まあそうだ」

「またどこか、変なところで遊んできたんだろう」

「そのことだけどね」

由良は急に真面目な顔になると、坐り直した。

「それが、遊んでいないのだ」

「嘘いえ、あれはやらないかぎりうつるもんじゃないんだ、いまさら隠したって駄目だよ」

週刊誌の編集という仕事のせいもあって、由良はいろいろなところへ出かけるらしい。探訪などと称して、かなり怪しいところへも行くようである。

若い男がゴムパンティ一枚で檻《おり》に囲われているマゾバーに行ったとか、最新設備のデラックスモーテルを覗いてきたとか、普通のサラリーマンには珍しい話をよくしている。

高校の時はごく普通の生徒だったが、出版社という比較的自由な雰囲気のところへ行ったせいか、同期のなかでも遊び人のほうである。

「いや、それが本当に遊んでいないのだ」

「じゃあ、どうしてそんな病気になったんだ」

「それがわからないから、お前にきこうと思ってきたのだ」

「冗談じゃないぜ、いくら俺がお前の親友だって、お前が遊んだ先まで、いちいち追って歩くわけにはいかんからね」

生駒は馬鹿らしくなって酒を呷《あお》ったが、由良は相変らず真剣な表情である。

「あれは、遊んでからどれくらいで出てくるのかな」

「梅毒なら三週間や一カ月はかかるが、淋しい方は早いからな、遅くとも四、五日以内には出てくるだろう」

「そうだろう」

「ゴールデンウィークの前のころ、どこかへ行ったんじゃないのか」

「それが全然、行っていない」

「トルコ風呂は」

「いや……」

由良は首を左右に振る。本来、飲むと陽気になる男だが、今日はいつもの精彩がない。

「正直にいうと、二月に大阪に出張したとき、一度だけ遊んできた。でもそれ以来、東京では絶対遊んでいない」

「すると二カ月間は完全に清潔だというわけか」

「それに、俺は遊ぶときは必ず、あれをつけている。大阪の時もそうだ。あれをつけていれば大丈夫なんだろう」

「梅毒はともかく、淋病はまず大丈夫だ」

「大阪の時はつけていたし、この二カ月は忙しくて、浮気どころじゃなかった」

「おかしいな」

どうやら由良のいうことは本当らしい。冗談ならこんなに真剣な表情をするわけはない。

「じゃあ、その池田とかという病院で間違ったんじゃないのか」

「そんな間違うということがあるか」

「外科の医者だろう」

「そうらしいが、泌尿器科という看板もでていた」

「泌尿器科のほうも一応はみる、というだけで、専門は外科なんだよ。あそこの炎症でも時々、淋病に似ているのもあるから、間違ったんだろう」

「淋病以外であそこが痛くなることがあるのか」

「汚くしていたり、あまりトルコなどに行きすぎるとな」

生駒は笑ったが、由良は少し怒ったような顔で、

「それじゃどうなるんだ」

「どっちにしても、治療法はあまり変らないからね。抗生物質をのんでいる分には問題はないさ」

「そうかな」

「心配なら俺のところへ来たらいい。小便でもとってよく検《しら》べてやる」

「そうしたらわかるのか？」

「淋病なら、小便のなかに丸い球の形をした淋菌がでているからな、それがあれば間違いない」

由良は考えこむように、注がれたままの盃を見た。日頃、快活な男に似ず悄気《しょげ》かえっている。

「下の病気の一度や二度、ならない奴は男じゃない」などと豪語していたのが、いざとなるとからきし元気がない。これもインテリの男の弱さなのかもしれない。

「明日でも俺のところに来いよ」

励ますようにいうと、生駒はさらに由良の盃に酒を注いだ。

三

来るかどうか、危ぶんでいたが、由良は翌日の午前十時に、生駒の病院に現われた。朝の遅い編集者としては、早いお出かけだが、それだけ由良は病気のことを気にやんでいるともいえる。

「どうだ、少しはいいか」

「もう痛みはほとんどないが、まだ小便の前後にいやな感じが残る」

「一応、診察させてもらう」

生駒は、由良を診察室の隅の白いカーテンのなかへ入れるように、看護婦に目配《めくば》せした。

カルテに昨日きいた病歴を書きこみ、それからカーテンのなかへ行くと、由良は腕組みしたままベッドに腰かけていた。

「ベルトをゆるめてくれ」

いかに親友といっても、こんな大人になって局所を見られるのは照れくさい。由良はなんとも恰好のつかない表情で、ベルトに手をかけた。

「昨日、うっかりして、『まき』に披露のあとの引出物を忘れてきた」

「今日、とりに行こうか」

「いや、いいんだ。どうせあそこには借金がある」

生駒は気をそらすように別の話をした。

由良はベルトをゆるめ、ズボンのファスナーを外すと、白いパンツの下から、そろそろと自分の一物をとり出した。

「そこに仰向けに寝てくれ」

前を開げた姿勢で、由良はベッドの上に仰向けになった。

生駒はその横に腰をおろし、小さく顔を出している由良のそれを、左手で握った。なにか品物でも見るような無表情さである。

「痛いか」

「いや……」

由良は眼を閉じたまま、軽く首を左右に振った。

生駒は看護婦の持ってきたアルコール綿でその先を拭き、それから奥からおし出すように先をしぼった。それとともに、赤く炎症を起した尿道の口から、白く、やや粘っこい液体が洩れてきた。

生駒はそれを白金耳《はっきんじ》の先でとり、用意したスライドグラスにすりつけてから、さらに亀頭から、両の股の淋巴腺《りんぱせん》まで触れてみた。

「いいぞ」

診察時間は五、六分であったが、終った途端、由良はほっとしたように溜息をついた。

生駒はそのまま消毒液で手を洗い、それから診察机の椅子に戻った。

白いカーテンのなかから、由良が上気した顔で現われた。手を頭にのせ、照れた表情である。

「前の病院では、菌の検査まではしなかったのだろう」

「しないと思う」

由良は罪人のように肩をすぼめて、生駒の前の丸椅子に坐った。

「これから顕微鏡で検べてみる。他の患者も診なければならないので、結果がわかるのは昼頃になるがどうする」

由良は少し間をおいてから、

「もちろんいいが、どうだろう？」

「外からみたところは、やはり淋病らしいが、とにかく顕微鏡で検べてみる」

「じゃあ、一応、会社へ出て、一時ころにまた来る」

由良は軽く頭を下げると、逃げるように診察室を出ていった。

生駒は残った四人の患者を診てから、検査室へ行き、先程の膿汁《のうじゅう》を塗ったスライドをメチレンブラウ液で染色した。

こうすると淋菌は青く染って現われてくる。淋菌は中央が軽く凹《へこ》んだ蚕豆《そらまめ》形で、これが常に二個、向かいあった形で並んでいるのが特徴である。

いわゆる双球菌である。

生駒は少しずつ顕微鏡の拡大率を変えながらスライドを追った。

四十倍のところで、視野が急に明瞭になり、淡い海に点々と濃紺の小点が浮いている。三日月形や円形で、大きく横たわっているのは白血球の残骸である。膿汁だけにそれが続々と現われてくる。

生駒はさらに焦点を絞った。

おたまじゃくしのような形の白血球の周辺に、小さく、二の字型につながっている影がある。一つの白血球のまわりに五、六個ずつ、群がるように寄り集っている。淡いブルウの地に、丁度下駄《げた》の歯型が並んだようである。

生駒はスライドを移動し、全視野にそれを追ってから、顕微鏡から眼を離し、一つ息をついた。

間違いなく、淋菌であった。

由良は全然、身に覚えがないといったが、こうはっきり菌があるところをみると、やはりどこかで遊んできたに違いない。遊ばないなどというのは、照れくさくて、一度いった手前、訂正しかねているに違いない。

ずるいやつだ。生駒は苦笑しながら手を洗うと、スライドを標本箱におさめてから医局へ戻った。

四

由良が再び病院へ現われたのは、それから一時間経った、一時過ぎだった。

「どうだった」

「いま話す、とにかくその辺りでお茶でも飲もう」

生駒は白衣を脱ぐと、由良と連れだって、病院の向かいの喫茶店に入った。

ウエイトレスが注文をとりにきて、それが去るのを待っていたように由良がいった。

「わかったか」

「残念ながら、お前のいったとおりだった」

「やっぱり……」

由良は短くいうと、テーブルに目を落した。なんとも気の毒なほどの悄気ようである。

「でも、あの状態ならもう落ちついてきている。あと二、三日の辛抱だ」

慰めるが、由良は相変らず、目を伏せたまま答えない。生駒はポケットから紙袋をとり出して、

「いまもらっている薬でいいんだが、一応、これものんでみたほうがいい。最近できた一番新しい薬だ。このごろは菌も図々しくなって、普通の抗生物質では効かないことも

あるからな」

生駒は一旦、その赤い錠剤を出してみせてから、また袋に入れて由良の前へ差し出した。

「一回二錠、これは朝、晩の二度でいいんだ」

生駒がいったが、由良は相変らず黙りこんでいる。

「大の男が、淋しい病気になったくらいで、そんなに悄気かえるなよ」

生駒がいい終った時、由良が顔をあげた。

「おい、本当に淋病なのか」

昨夜一晩、また病気のことでも考えていたのか、由良の頬のあたりは少しこけてみえる。

「間違いない」

「しかし、俺はなにもしていないんだ」

「とぼけるのもいい加減にしろよ、なにもしなくて、あんな病気になるわけはないだろう」

「だってしていないんだ」

由良の茶色の眼がまっすぐ生駒を見ていた。

「そういわれても困る」

「俺が関係したのは、ただ……」

そこまでいって、由良は突然、額を右手でおおった。

「奥さんとはあったわけだな」

由良がゆっくりとうなずいた。

「しかし……」

「待ってくれ」

いいかけた生駒を制すると、由良が顔をあげた。細面の顔が蒼ざめ、額に長い髪が二、三本垂れている。

「あの病気は本当に、関係する以外ではうつらないのだな」

「そうだ」

由良はしばらく、正面のカウンターを見ていたが、やがて、

「信じられん……」とつぶやいた。

生駒はようやく、由良が病気のことを執拗《しつよう》にきいてきた理由がわかった。治るといっても、一向に楽しそうな顔をしないのはこのためであった。

「お前は奥さんからうつったのだといいたいのか」

「残念ながら、この二カ月、俺が関係したのは彼女しかいない」

「しかし、奥さんがそんな病気になるわけはないだろう」

由良の妻は、彼の五つ下だから、今年三十歳のはずだった。小学校二年生の女の子が一人いるが、小柄で、ワンピースを着たところなど、まだ二十六、七にしか見えない。大学時代の恩師の娘とかで、由良のほうが見初めて口説き落したというだけに、なかなかの美人だが、そんなところをハナにかけるようなところもない。同期会のあと、家の関係で生駒が先に送ることになるが、何時になっても起きていて、わざわざ挨拶にでてくる。

「俺もそう思いたい」

由良は一旦、そういってから、

「でも、俺は病気になった」

生駒はなんといっていいのか、わからなかった。

考えてみるとこれは重大なことであった。由良が浮気をしないのに、急におかしくなったとすれば、当然、彼の妻からうつったことになる。

しかしそうだとすると彼の妻が、その前に病気になっていたことになる。しかも以前から由良がなんでもなかったとしたら、彼の妻が由良以外の誰かからうつされたことになる。

「お前は、前にその病気になったことはないのか」

「こんなところがおかしくなったのは、今度がはじめてだ」

「知らないうちに感染して、そのままになっていた、ということがあるからな」

「そんなことは絶対ない。それに俺は臆病なほうだから、浮気をする時は必ず、あれをつけている」

由良はきっぱりという。まっすぐ、一点を見詰めている眼は嘘をいっているとは思えない。

生駒はコーヒーをひと口飲んだ。どうにも深刻な問題になってきたものである。これ以上、下手につつかないほうがいいような気もするが、相談を受けた以上、そうもいかない。

「奥さんは、なにか体の具合が悪いようなことはなかったのか」

「ない……」

「しかし、奥さんがそうだったとしたら、一言くらい、いうはずだろう」

「なにもいわない」

由良は不快そうに横を向いている。いささか八つ当り気味だが、この際、仕方がない。

由良の不満のやり場は、生駒しかないらしい。

「じゃあ、少し立ち入ったことをきくが、お前が最も新しく、奥さんと関係したのはいつだ」

「痛みの出てくる二日前だ」

自分でも考えていたのか、由良は即座に答える。

「その時は、あれはつけていなかったのか」

「あいつは晶子を生む時、悪阻《つわり》がひどかったので結紮《けっさつ》しているから、つけたことはない」

晶子というのは一人っ子の名前だった。

「その前は？」

「お羞《はず》かしい話だが、いまはワイフとは週に一回くらいの割りだ。その前は丁度、忙しかったせいもあって、十日くらいはあいている」

その前が十日も前だとすると、やはり四月の末に関係した時にうつったと考えるのが妥当なようである。

しかしそれにしても、あの大人しそうな夫人が、他の男と遊んだりするだろうか。浮気をして、しかもその相手から病気をうつされて黙っているだろうか。

どう考えても夫人のイメージとはつながらない。

「その時、奥さんの態度になにか変ったことはなかったのか」

「あのとき、俺は夜遅く帰ったが、急に欲しくなって抱いた」

「それで……」

「その時あいつは、『疲れてるでしょうから、今夜は休んだら』といって背を向けた。

それで俺はますます欲しくなった」

「………」

「結局、受け入れたが、あまり気が乗っているようではなかった」

いかに医者といっても、他人の閨房《けいぼう》のことをきくのは、いい気持ではない。特に相手の女性の顔も知っているだけに一層困る。生駒は冷たくなったコーヒーをさらに啜《すす》ってからいった。

「もしかすると俺が見間違ったのかもしれない。もう一度、標本を調べなおしてみるから、明日でもまた電話をくれ」

「間違うことがあるのか」

「滅多にないが、絶対ないともいいきれない」

「はっきりしてくれ」

由良の眼が苛立《いらだ》っていた。

「とにかく、病気のことは、まだ奥さんにはいっていないのだろう」

「どうしようかと迷っている」

「いうのは待て、明日、俺のほうから電話をする」

生駒はそういうと、伝票を持って立ち上った。

五

翌日午後二時に生駒はK出版に電話をかけてみたが、由良は不在だった。生駒は、戻ってきたら電話をくれるように頼んで、受話器をおいた。

昨日の標本は今朝になってもう一度顕微鏡で見てみたが、やはり淋菌に間違いなかった。尿道炎などの時、この淋菌とそっくりの双球菌がでてくることもあるが、それらは蚕豆形というより丸味を帯び、白血球外に出ることが多いので見分けがつく。大学を出てから十年間も、泌尿器科だけにいたのだから、そのあたりの見分けについては自信がある。

見間違ったかもしれない、といったのは、その場をつくろうためで、本心からそう思ったわけではない。

昨夜から、生駒はずっと由良のことを考え続けたが、彼の立場になってみると、ことは意外に深刻であった。

病気の裏に、重大な夫婦の危機が隠されているとは思ってもみなかった。

「関係しないかぎり、そんな病気になるわけはない」と断言したが、それもいまとなっては、かえって由良を苦しめることになったようである。

相手の悩んでいる本当の理由を考えもせず、淋病であることをはっきりいってしまったのは、医師として軽率だったようである。生駒はその点で由良に詫びたい気持だったが、いま急に詫びたところで、彼の苦悩を増すだけである。

ともかく、いまは静観するより仕方がない。

由良から電話があったのは、その日の夕方五時少し前だった。

「今夜、もう一度逢えないか」

由良はいきなりそういった。唐突なところに由良の切羽詰った気持が現われていた。

「何時でもいいが」

「じゃあ六時に、また『まき』にしようか」

「わかった」

それで電話は切れた。昨日、標本をもう一度見直しておくといったのに、その結果をきこうとしないところをみると、由良ははじめから、それが一時しのぎのいい逃れであることを見抜いていたのかもしれなかった。

五時十分に、生駒は病院を出て電車で新宿に出た。東口から五分ほど歩いて「まき」に行くと、由良はすでにきていて、小上りの一番奥に坐っていた。

「スタンドより、こっちのほうが落着くだろう」

先夜、少し飲んで自信がでたのか、今夜は由良は初めから酒を飲んでいた。

「飲んでも、別に悪いことはなかったろう」

「ああ……」

由良はうなずいたが、自分の病気のことにはあまり関心はなさそうだった。そのまま黙って盃を干したが、この二日間でこけた頬には薄く髭が浮いていた。

やがて由良が煙草に火をつけ、一口喫ってからいった。

「昨夜、ワイフにそれとなく、いってみた」

「病気のことをか？」

「はっきりではない。少しあそこの具合が悪いというようにほのめかしただけだ」

「それで……」

「あいつは『そう』といったきりなにもいわない」

そこで由良は煙草をたて続けに三度ほど吸い込むと、まだ長い煙草を灰皿に揉《も》み消した。

「あいつは、全然、気づかないふりをしている」

「………」

「あいつはひどい奴だ。俺の眼を盗んで、他の男と関係して、病気までうつされて、しかもそれを俺にうつして平気でいる」

「そんないい方は止《よ》せ」

「止せといっても、事実だから仕方がない。これだけはどう隠しようもない厳然たる事実だ。そうだろう」

由良がまっすぐ生駒を見た。茶色の深い眼が怒りに溢れていた。

「とにかく、俺は自分のワイフが、淋病持ちの男と関係していたかと思うとやりきれない。そんな汚い野郎に抱かれていたかと思うと吐き気がする」

生駒は慰める言葉がなかった。実際、自分が由良の立場に立たされても、そう思うに違いない。

「こうなったらただではおかない。殴ってでも白状させてやる」

「暴力は止せ、いまそんなことをしたところでどうにもならない」

「そうだ、どうにもならない。白状させてもさせなくても、あいつが淋病持ちと浮気をしたという事実は消えはしない」

由良の声があまり高いので、生駒はうしろを振り返った。背中側に間仕切りをはさんで、四、五人のグループが飲んでいた。

由良は勢いを殺《そ》がれたように間仕切りの先を見たが、すぐもとの表情に戻った。

「こんな侮辱を受けて、俺は許せない」

「許せないといって、どうするのだ」

「別れるんだ」

「おい、待て」

生駒は慌てて手で制した。今日の由良ははじめから興奮しているようである。生駒は間をとるように、ゆっくりと由良の盃に注ぎ、それから自分の盃にもついでからいった。

「もう少し冷静に考えろ」

「冷静に考えようと、興奮しようと、俺が裏切られたことに変りはない」

「しかし、まだそうと決ったわけではない」

「俺がうつったんだから、そうに決っている」

「まあちょっと待て、それより奥さんのことだが、このごろ、特に変ったことはなかったのだろう」

「俺は朝十時に家を出たら、帰ってくるのは毎日、十時、十一時だからな。その間、あいつがなにをしたところで、わかりゃしない」

「でも、子供さんもいることだから」

「子供は学校に行ってしまえばあとは誰もいない。給食の時は帰ってくるのは二時すぎるし、友達と遊んでいるから、夕方まで放っといたってわかりゃしない」

「しかし、妻が浮気をしていたら、なにかの素振りでわかるもんじゃないのか」

「俺もいままではそう思っていた。やればわかると思っていた。ところがまったくわからなかった。お羞かしい話だが、雑誌で、『妻の浮気』をさかんに扱っていながら、俺のワイフにかぎってそんなことはない、とたかをくくっていた。馬鹿な話さ」

由良は自嘲《あざけ》るように笑うと盃を干した。

「他人のことばかり追っかけていて、肝腎の足元に火がついていた」

「とにかく、性急なことはしないで、いましばらく奥さんを観察してみたらどうだ」

「いまごろ、のこのこ観察したところで、あとのまつりだ」

女中が新しい銚子と、刺身の盛り合わせをもってきた。それをテーブルに置いていくのを待って生駒がいった。

「お前の気持はよくわかるが、これが丁度、逆になった場合を考えてみろ」

「逆ってなんだ」

「お前が浮気をして病気になって、それを知らないで奥さんにうつした場合だ。この時、奥さんが知ったらもちろん怒るだろう。不潔だといってお前を罵るかもしれない」

「それがどうした」

「問題はこのあとだ。うつされたからといって奥さんはすぐ離婚話を持ち出すか、それが理由で別れたいといわれて、お前は納得できるか」

由良はしばらく考えるように下を見ていたが、やがて不貞腐《ふてくさ》れたようにいった。

「むこうが別れるというなら、仕方がないだろう」

「いや違う。大抵の夫は適当に謝ったり、なだめすかしたりして、うやむやのうちに終る。これはいい加減なことをいっているのではない。現実に俺のところで扱った患者で、そういう例がいくつかあったが、みな男が頭をかいて、なんとなく謝った形で終りだ。それだけが原因で離婚になった例はない」

「それはうつしたのが男だからだ」

「男だって、女だって同じだろう」

「いや違う、全然違う」

由良は右手で、どしんとテーブルを叩いた。

「男は出すほうだが、女は受け入れるほうだ。同じ浮気でも、出すと入れるじゃまったく違う」

いわれてみるとたしかにそんな気がする。女性がきけば勝手な理屈だと思うかもしれないが、それは男達のすべてが密《ひそ》かに抱いている実感である。

「お前もわかっているだろうが、男は浮気をしたといっても、いちいち愛情を感じてやっているわけではない。トルコだって、温泉だって、別にその女が好きで抱いているわけではない。ところが女は違う。女はある程度好きでなければ体は許さない。いや許さないんじゃなくて、許せないんだ。そうだろう」

「でも同じ浮気でも、無理にということもあるだろう」

「強姦でも同じだ。女は一度許したら、その男に愛情を覚えてしまう」

「じゃあ奥さんも、もし許したとしたら、その男に愛情を覚えているというのか」

「もちろん、そうだ」

「つまらぬことは考えないことだ」

「お前にはつまらんことかもしれないが、俺にとっては重要なことだ」

由良は挑むように生駒を見た。

いままでも、夫婦で病気をうつし、うつされたという例はあったが、どれも夫が妻にうつしたもので、そのかぎりにおいては、離婚という深刻な問題にはならないようだった。下の病気といえば、いつも夫が妻にうつすものと思いこんでいたところに盲点があったようである。

「お前の気持はわかったが、いまここで、変に騒いでも仕方がないだろう」

「裏切られて、黙っていろというのか」

「それはよくわからんが、たとえ裏切られたとしても、裏切った奥さんは、お前以上に苦しんでいるかもしれない」

「勝手に浮気して、苦しむわけはないだろう」

「万一、そんなことがあったとしても奥さんはお前を愛していると思う」

「いい加減なことをいうな」

「いい加減ではない。奥さんが本気で浮気をしているなら、お前と別れるというはずだ。それをいわないところをみると、お前を愛している」

「違う。あいつは俺を適当に金を持ってくる働き蜂だと思っているのだ。俺のワイフに納まっていて、あとは適当に浮気をするのが得という計算だ」

「そんなふうに考えるもんじゃない。たとえ浮気をしたとしても奥さんは奥さんなりに事情があったのかもしれない」

「事情があったからといって、浮気は許せるものではない。この気持はお前にはわからん」

生駒はこれ以上、自分が傍観者の立場から、勝手なことをいっているように思われるのは、いやだった。

「とにかく離婚など考えるのは止せ」

「しかし、俺達の間にはもう完全に溝ができてしまった。その一番いい証拠がこの俺の体だ」

突然、由良は両手で頭をかかえこむと、その長い指で髪の毛をごしごしとこすった。

生駒はその苦しげな姿を見ながら、由良は妻を愛しているのだと思った。

「裏切った」「不潔だ」「別れる」と叫びながら、その実、由良はまだ妻に未練を持っている。未練があるからこそ、苦しみ、悩んでいるに違いない。

いまにも別れるようなことをいうのは、そうして生駒に、なんらかの解決策を求めているのかもしれなかった。

「どうだ、一度奥さんを俺の病院へよこしてくれないか」

「行ってどうするのだ」

頭を抱えたまま、由良がきいた。

「もしお前のいう通りだったら奥さんも病気にかかっているはずだ」

由良は答えなかった。そのまましばらく時間が経った。やがて由良が心を決めたように顔をあげた。

「わかった」

一言いうと、由良は思い出したように盃を口へもっていった。

六

生駒の病院に由良の妻が現われたのは、それから二日経った、金曜日の午後だった。夫人は萌黄《もえぎ》色の紬《つむぎ》に、黒地の紗《しゃ》の羽織を着て、髪はうしろにまとめていた。気のせいか、夫人の顔は少し沈んでみえた。

生駒は初めから診察する気はなかった。由良の話から考えて夫人が病気にかかっていることは間違いなかったし、いま尿をとって検べたところで、病気はすでに落着いているか、慢性化して、菌が出てくる可能性は少なかった。

それより生駒は夫人と二人きりで、今後のことについて少し話してみたかった。外来の終った午後にくるよう指定したのも、そのためであった。

生駒は夫人を医局の隣りの研究室に案内した。そこは本や雑誌が雑然と重ねられ殺風景であったが、他の人にきかれる心配はなかった。

「ご主人からおききかもしれませんが、実は彼が病気になりまして……」

生駒は研究室の机の前で、夫人と向かい合って坐ると由良の病気のことを簡単に説明した。

「変な話ですが、あの病気は接触しないかぎりうつらないので、彼は奥さんからうつったのではないかと、疑っているわけです」

夫人は両手を膝に揃え、目を伏せていたが、やがてかすかに顔をあげた。

「主人の病気は本当にそうなのでしょうか」

「残念ながら……」

夫人はさらに深く頭を垂れた。生駒は夫人のほつれ毛のある耳のあたりを見ながらいった。

「僕は彼がなにか、思い違いをしているのではないかと思うのですが、いかがでしょうか」

瞬間、夫人の首がかすかに動いたが、すぐ元の姿勢に戻った。生駒はポケットから煙草をとり出し、それに火をつけてからいった。

「彼が間違っているのじゃないでしょうか」

「実は……」

そういうと、夫人がまっすぐ顔をあげた。少し蒼ざめた顔にある決意が現われていた。

「主人は間違ってはいません」

「すると、あなたはやはり病気であったと……」

「あたし一度だけ、体を許したことがあります」

夫人は左手の窓の方を見ながら、ゆっくりとした調子でいった。

「じゃあその人から……」

「ええ」

夫人は今度ははっきりといった。

「それ以来、体の調子が悪かったので病院に行こうかと思ったのですが、羞かしくて、薬局からお薬を買ってのんでいました」

「じゃあ、彼があなたを求めた時には？」

「まだ少しおりものがあったのですが、断わりきれずに……」

夫人は目を伏せると、額にそっと手を触れた。初夏の陽のなかで、その華奢《きやしや》な手が小刻みに震えていた。

「その人とは、いまは」

「ただ一度きりです」

生駒はそれ以上、きく気はなかった。きいたところで、それでどうなるわけでもなかった。

「あなたは、そのことをまだ彼にはいっていないのですね」

「はい……」

「わかりました」

生駒は脚を組みかえた。

「差し出がましいかもしれませんが、ここは僕に任せて下さい。病気のことは僕が彼になんとか説明しますから、あなたはあくまで『知らない』といって下さい」

「でも……」

「いや、大丈夫です。こんなことはお互いに探りあったところで、なんにもなりません」

生駒はいま、医者として軽率な発言をしたことの償いをしているつもりだった。このままでは本当の医者として、責任を果したことにはならない。

「今日、僕はもう一度、彼に逢ってみます。彼はなんというか知りませんが、あなたが病気だったことは、あくまで隠して下さい」

「あたし、そのことで裁かれることは覚悟しています」

「しかし、あなたは由良を愛しているのですね」

「信じていただけないかもしれませんが、たしかに……」

「じゃあそれでいい。余計なことは考えないで、この約束だけは守って下さい」

夫人はうなずくと低い声でいった。

「申し訳ありません」


夫人と別れて、生駒はもう一度、由良の標本を顕微鏡で覗いてみた。

コバルトブルウの白血球の残骸のなかに、二つずつ向きあって並んでいる濃い影がある。

それが見知らぬ男から夫人にうつされ、そして由良にうつってきた犯人であった。夫人と由良とを苦しめ、痛めつけてきた張本人であった。

それはどうみても秘所を赤く腫らせ、膿をもたらせた菌とは思えない。怖ろしい菌という感じには程遠い青い照明の下で、濃紺のイブニングを着て華麗に踊っている一対のペアにしか見えなかった。

七

その夜、生駒は再び由良に逢った。場所は新宿の南口に近い、「アロニカ」というバーであった。

毎晩、「まき」に行くのも芸がない、というので、由良がそちらを指定したのである。「アロニカ」はボックスが三つに、L型のスタンドがあるバーだったが、二人はスタンド入口のほうに並んで坐った。

いきなり由良が水割りを注文したので、生駒は少し心配になった。

「体のほうはもういいのか」

「お前と毎晩、飲んでいるうちに治ったらしい」

「それは薬のせいだ」

水割りがきて、二人は軽く乾盃する仕草をして口をつけた。そのまま半分ほど飲んだところで生駒がいった。

「今日、奥さんに逢った」

由良は興味なさそうにうなずいたが、眼だけは油断なく構えていた。

「いろいろ検べてみたが、やはり病気ではなかった」

「なんでもないというのか？」

由良が大声をあげたので、横にいた客が振り向いた。

「嘘をいっているんじゃないだろうな」

「いまさら嘘をいってもはじまらん、本当になんでもなかったのだ」

「ちゃんと顕微鏡で検べたのか」

「それもやったが、菌は発見できなかった」

「それは、どういうわけだ」

「一つは初めから病気はなかったということだ」

「そんなことはない。あの医者はたしかに、あの病気だといった」

「まあ、待て」

生駒は落着けるように、手に持ったグラスを見ていた。

「病気であったかもしれないが、いまは日が経って、もう治っているのかもしれない」

「そうに決っている」

「だが、そうとも断定できないところもある」

「じゃあ俺はどうしてうつったのだ。なにも悪いことをしないのに、自然にうつるということがあるのか」

「ないわけではない」

「俺を誤魔化すのか」

「そんなわけではない」

生駒はもう一度、グラスのなかを覗きこむようにして、なかの氷をかたかたと揺らせた。

「実はあれからいろいろあの病気に関する文献を調べてみた」

「それで……」

「俺は初めに、あの病気は男と女が接触しないかぎりうつらないといった」

「性病だから、それは当り前だろう」

「だが稀に例外があるらしい」

「俺のが、その例外だというのか」

「そうじゃない。ただそういう例が文献にのっていた」

由良は不快そうにおし黙った。

この三日間、病気のことを話し出すと、数分間もしないうちに、たちまち喧嘩《けんか》になる。

そして最後には睨《にら》み合いのまま、互いに無言になる。

今日もまた、その方向にすすんでいると生駒はふと可笑《おか》しくなった。

「なんだ」

「いや、なんでもない」

生駒は笑いを消すと、由良の方を見た。

「読んでみると、風呂で感染したという例があった」

「俺もそれはきいたことがあるが、前の医者にきいてみたら、そんなことはないといっていた」

「そのとおり普通はないんだが、たまにあるらしい。その例は三歳の女の子だが銭湯の洗い場で、ぺたりと坐っていてうつったらしい」

「しかし男ではそんなことはないと、本に書いてあった」

病気になっている間に、由良は医学関係の本を読んだのか、自信あり気だった。

「たしかに男は女よりはるかに少ない。女でも大人は子供より少ないが、とにかく皆無ではない」

「でも俺は銭湯にいっていない、風呂は家以外で入ったことはない」

「それからもう一つ、原因が全然、わからぬのに感染したという例が三つほどあった」

「わからないというのは、どういうのだ」

「接触も遊びも、なにもしていないのに病気になったという例だ」

「どういうわけだ」

「それがわからん」

「おかしいな」

「文献ではあくまで推定だが、便所かどこかで、手が偶然、菌に触れて、それがまた偶然局所に触れたのではないか、という考えも成り立つ」

「そんな簡単なことでなるのか」

「普段はならない、しかし絶対ならないとは断言できない。そういう伝染経路のはっきりしない例が、十万例に一例くらいはあるらしい」

「十万に一例……」

由良は皮肉な笑いを浮かべた。

「俺をその十万分の一のほうに入れようというのか」

「別に俺はお前がそうだといっているのではない。ただそういう例があったということを正直にいっているだけだ」

「それで……」

「それだけだ」

二人はしばらく睨みあっていた。

やがて思い出したように由良がウイスキーを飲みこんだ。呷るように三度飲みこむと、空になったグラスをカウンターにどすんと置いて、一つ大きく息をついた。

「お前はおかしな医者だ」

「おかしい？」

「なにも知らない素人に、十万例に一例の病気の講義をしやがる」

由良は空になったグラスに残った氷を音をたてて噛んだ。

「結局、お前はなにもわからない、といいたいんだろう」

「あらゆる可能性を考えると、そうとしかいえない」

「可能性か……」

由良は正面のボトルが並んでいる棚を見ながらつぶやいた。

「とにかく俺が病気になったということだけは間違いないことだ」

「そうだ」

由良に合わせるように、生駒がうなずいた。

二人はそのまま、黙って正面を見ていたが、やがて思い出したように由良が低く笑った。

「どうしたのだ」

「いや……」

由良は新しく注がれたウイスキーグラスを口元まで持っていって、もう一度カウンターへ戻した。それから薄く髭の生えた顎を撫《な》ぜながらいった。

「やっぱりお前のいう、十万分の一とかというやつに賭けてみようかな……」

「賭けてくれるか」

「疑うより、信じたほうがいい」

由良はそういうと、一気にウイスキーを飲み干した。

葡萄

一

キナ臭い匂いがしたので私達は階段教室の南向きの窓から三十メートルの煙突を見上げた。思ったとおり解剖実習室の裏手にある屍体《したい》焼却用ボイラーから煙が薄く出ていた。

この煙の匂いをどう表わしていいのか、私は適当な言葉を見出《みいだ》せないのだが、級友の小淵は、甘い酸の匂いだと云い、中村は長く歩いたあとで靴下を脱ぐときの汗ばんだ臭気に似ているという。

人によっていろいろ説明の仕方は違うが、甘酸っぱいとでもいうのが、一般的な表現なのかもしれない。しかし私はこの云い方は具体的で少し単純にすぎるようにも思う。南風にのってくるこの煙には、他に、なにか複雑な匂いが潜んでいるようにも思える。云いかえると人体の焼ける匂いはもう少し難しい匂いであっていいような気がするのである。

私達の教室である西第三講堂は二階の西南の角にあり、そこから煙突までは百メートルほどの距離だった。たまたま屍体を焼却する日が南風の日であると、開けっ放しの窓から講義室へ、その異様な甘酸っぱい匂いが漂ってくることがある。

「やってるね」

私達は窓越しに灰色に黒ずんだ煙突を見やりながら、窓を閉めて匂いの流れこむのを防ぐ。

煙突には先端まで細い鉄の階段がついていた。解剖学教室の助手の人にきいたところでは、半年に一度、この煙突は掃除されるという。高所専門の煙突掃除夫がこの階段を登っては、空に向けて大きく開かれた煙突口の汚れを拭い落すのである。

今年の秋、私ははじめて掃除夫が煙突の頂で踞《うずくま》りながら、延棒のようなもので掃除をしている姿を見た。

その日はこの北国の町にやわらかい秋の陽射しが溢れた日で、煙突の影は人通りのない往還を跨《また》いで、向う側の車庫の屋根まで及んでいた。日曜日であったが私は前日、教室にノートを忘れてきたのを憶《おも》い出して午後からとりに出かけた。教室の後ろから三つめの机にノートが置き忘れてあるのを見付け、小脇にかかえて後ろの出口から出ようとした時、私は自分の視野でなにかが素早く動いたのを感じた。それは網膜の一点を掠《かす》めた感じで静かな視野が突然小刻みに攪乱《かくらん》されたのだった。私は窓によりそろそろと上を見上げた。

間違いはなかった。視野の上限に入っていた煙突の頂で、一人の男が体を前後に屈曲しながら棒のようなものを動かしている。私は改めてその一点を凝視した。

たしかにそれは人影であった。三十メートルの高所で、男は手摺《てすり》に体をもたせながらその動作を規則正しく続けていた。初め見た時、それは一カ所に停《と》まっているように見えたが、少し間をおいてみると男の位置は煙突口を左方へ、時計まわりに移動しているのが分った。

蒼い空を背景に、男はいつまでも単調な屈曲運動を続けていた。それは男のいる煙突の一点を見据えた時にはひどく意義ありげな動作に見えたが、はてしなく拡がった秋空のなかでは、とてつもなく不安で、つまらないものに思われた。

(地上の人の何人が、空中にぽっかり浮いたこの男の存在に気付いているだろうか)

もしかして、男は気付かれるのを怖れているのかもしれない。彼の単調な動きは私にそんなことを思わせた。

だが男は一瞬も体を休めることはなく動き続ける。休めたら最後、そのまま転落してしまうとでも云いたげに体を折り曲げ伸ばす。男は下から私が見上げていることなぞ、まるで無視しているのだった。

その日から私はいつか、掃除夫に逢って次のようなことについて話をきいてみたいと思った。

たとえば、上空では風はどんな吹き方をしているのか、そして一坪に満たない空中の一点で作業する時、どんなことを考えているのだろうか。また直径二メートル、高さ三十メートルの煙突の吐口《はきぐち》は、上端から覗きこむとどのように見えるものであろうか。そしてさらに、屍体焼却に使う煙突口には、他の煙突とは違った匂いとか、付着物はないものだろうか。甘酸っぱい、蛋白《たんぱく》や脂肪分の凝固した特有の粘着物でも付着することはないのであろうか。

翌日、私は級友に昨日、掃除夫が煙突に上っていたことを告げ、もう一度上るのではないかと休み時間ごとに煙突を見上げた。だが夕方になっても男はついに現われなかった。男は昨日一日で仕事を終えたに違いなかった。

二

その日の午後も私達は昨日の続きの解剖実習にかかっていた。

実習は一つの屍体に六人の学生があたる。二人ずつABC組に分れ、A組は頸《くび》より上を、B組は両腕および胸部、C組は両脚および腹部を受持つ。この各々について左右に分れるから六人で一体を受持つことになる。

屍体は一年に、一グループに三体与えられ、初めの一体目はA組は頸から上をやり、二体目は腕と胸、三体目は腹と脚というように移動し、一年間で全身を解剖し終る仕組みになっていた。

九月の末、二体目として私達に与えられた屍体は女性であった。

死後、幾日もホルマリンの液槽に浸されていると、屍体は褐色となって生気を失い、膚《はだ》はところどころ浮腫を生じたようにむくんでくる。

その女性の屍体も例外ではなく、土気色で、手足の一部はむくんでいた。しかし体の皮膚には張りがあり、まだ若いことを思わせた。

屍体が与えられる度に、その死因を想像するのが私達のくせだった。解剖実習へ廻されるのは養老院とか、浮浪者の行き倒れといったのが多いと聞いていた。したがって多くは、これといった明確な死因をもたず、衰弱死とか、自然死といった類が多かった。だがそれらに較《くら》べて私達の屍体は若すぎた。浮腫がなく、血がよみがえれば二十四、五には見えるに違いない。

体の外からだけでは死因を探るのは難しかったが、どう考えてもわれわれのような学生風情に供されるには惜しいような気がした。ここに来たのは場所をえない、不合理なことのように思われた。

同じ実習グループの小淵が、この屍体について意外なニュースをもってきたのは、解剖をはじめて十日目のことだった。

屍体が投身自殺体だと云うのである。

「肺臓《ルンゲ》がふくらんで出血点があるだろう、それにその表面を圧《お》すと細かいあぶくがでる。これが水で死んだ特徴らしい」

私達は眼下に開かれている暗黒色の肺にこわごわと触れてみた。たしかに指で圧すと細かい水滴が出てくる。

「本当か」

「でもどうして自殺だと分るんだい」

「それははっきりしないけど、解剖に廻されてきたんだから、多分そうじゃないかというわけさ」

「誰にきいたんだ」

「川崎先生さ、もちろん先生も調べてきたわけじゃないから確実ではないけど、多分そうだろうって云うんだ」

川崎医師は解剖学教室の助手である。彼が云うのであれば間違いはなさそうだった。

「なるほど」

「自殺して、きっと引取人がいなかったのだろう」

「そうさ、そうでもなければ俺達のところへ来るわけはないさ」

私達はそのからくりに理由もなく感心した。

解剖は実習書にそって、一日毎《ごと》、的確にすすんでいた。

男性よりははるかに多い女性特有の皮下脂肪を除去しながら、細い神経や血管を追っていく。その大半は不必要な脂肪成分との闘いであった。

「黄色い脂肪組織だけ融《と》かすようなものを発見したら楽だろうな」

「そんなのができたらさぼる奴が増えるだけさ」

私達はそんなことを云い合いながらメスをすすめた。

実習要項十五日目。

A組はまず顔面の表情をコントロールする顔面神経の探索にかかる。

B組は肺臓裏面の薄い肋膜《ろくまく》の剝離をはじめる。

C組は内臓のうちの胃の剖検にかかる。

小淵は胃へ達する動脈を調べたあと、胃を縦に切り開いていた。胃壁内面に走る皺《しゅう》襞《へき》の走行を確認するのが目的であった。私は十二指腸の内壁を調べていた。

「おい」

私が腸の皺襞に触れていると、横から突然小淵が小突いた。

彼は意外な発見をしたのだった。そしてそれが、そのあと数十分、私達を虜《とりこ》にした問題の端緒であった。

「これはなんだい、なんだと思う」

彼は胃を左手にもちかえ、右手でその内壁をさすっている。

「なんだかわかるかい」

右手の指の先には褐色の胃の粘液にまじって米粒ほどの固形物がある。

「なんだい？」私は逆にきき返した。

「ぶどうだよ」

「ぶどう？」

「そうさ、ぶどうの種さ」

グループの連中も一斉に手を休め、小淵の手元を見詰めた。

「どうして自殺者の胃のなかにぶどうの種があるのかね」

彼は教授が解《わか》っていながら学生に質問する、あの意地悪なゆっくりした口調で尋ねた。

私達のグループは、突然胃からとび出したぶどうの種にすっかり幻惑されてしまった。

五人ともメスとピンセットを持ったまま、手を休めてその答えを考えている。

「どうかね」

小淵の口調があまりに教授のそれに似ていたからか、私達ははじめから知ってはいないのに、さも思い出そうとしているといった様子で考えこんでしまった。

「胃のなかは空っぽだ、それなのにぶどうの種だけが残っている」

そう云うと彼は胃の中からシャーレへ、一つ、二つと数えながらぶどうの種を移し替えた。

「女だてらに種まで呑み込んだ。しかも自殺する前にさ」

シャーレに移された種は、暗い胃袋から突然明るい光の下へひき出され、戸惑っているといった様子である。

「どこからきたの、お前は」

小淵はシャーレの中のぶどうの種に囁いた。消化されず、死者の胃袋にとり残されたぶどうの種は、見ようによっては滑稽で愛嬌《あいきよう》があった。

「さあ、どこからきたと思うかね」

彼はシャーレを右手にもつと、そうれ、というように皆の前へさし出した。

私達はすっかり彼のペースに乗せられていた。教授の前でどぎまぎするように、焦りながら、さっぱり解けようもない迷惑な問題を考えていた。

「憶えときたまえ、この女性は自殺寸前に腹が減った、そこでぶどうを食べた。ところが空腹のあまり、そのいくらかを呑み込んでしまった」

「なるほど」

私達はこの小淵の理屈が、一時の馬鹿げた、不真面目な思いつきにすぎないのだと気付くまで、しばらくの時間がかかったほど、七つのぶどうの種の出現という奇妙さに心を奪われていた。

「さあどうだい」

「胃のなかに食物が残っているのは、せいぜい二、三時間だろう」

はじめに云い出したのは中村だった。

「だからぶどうを食べたのは死ぬ二、三時間以内ということになる」

「そうだ、他の食物の残りはないんだから、時間はともかく、一番最後に食べたのがぶどうだってことには間違いないわけだ」

「二、三時間以内ということは、死の直前ということだってありうるぜ」

「待て、ここに皮もある」

小淵は胃の十二指腸に近い部分から、黒くすべすべしたぶどうの皮をとり出した。

「じゃ皮のまま、すっぽり呑みこんだというわけか」

私達は改めて交互に種に触れてみた。

種はなんの変化も受けず、このまま植えても芽が出るかと思うほど光沢をもっている。胃液はかなり強い酸だが、それにも大した影響は受けなかったらしい。

「これは山ぶどうだぜ」

「どうして」

「普通のからみると種が少し小さいだろう、それに皮も小さくて赤黒いからね」

小淵は医学部にくる前、一年間農学部にいたことがあるから、あるいは本当かもしれなかった。

「じゃ死ぬ前に山ぶどうを食べたというわけか」

私達は改めて、山ぶどうが若い自殺者の胃に入った過程を考えた。

「俺はこんなふうに思うんだ」

はじめに口を切ったのは中村だった。

「彼女は田舎の娘で、日頃から山ぶどうを食べていたんだよ。自殺した日も食欲はなかったろうが、山ぶどうだけは食べられたに違いない。それに元来が田舎育ちであるから、三つや四つは袋のまま呑み込むこともあるだろう。一種の習慣的行為が死を前にして、ごく自然に表われたというだけさ」

「俺は少し違う」

同じグループの吉井が云った。

「まずこのぶどうが山ぶどうであるかどうかははっきりしない。皮の色は胃液によって変化するし、種が小さいとか皮より多いというのはその根拠にはならない。種の小さいぶどうは街にもいくらでもあるし、ぶどうを食べる時、種がいくらか呑みこまれることはごく当り前のことだ。俺が思うには彼女は死ぬ数時間前、誰かとぶどうを食べたのだ。その時彼女は泣きじゃくっていて、つい皮のまま三つほど呑み込んだに違いない」

二人の意見は小淵の云った、自殺寸前の空腹による呑み込み説よりは、いくらか親切で、筋がとおりそうに思える。しかし中村の意見は食欲と関連させたり、田舎娘で日頃からぶどうを食べていたというところは、若い娘として無理なところがある。吉井のは割合に好感のもてる考えだが、山ぶどうでないということが前提になっている。しかしもし山ぶどうだったら説明はかなりおかしいことになってくる。

「俺も彼女はやはり街の子ではないかと思う。これには別に根拠はないが、ほっそりとして、静かな顔の表情にあか抜けた感じがあるからだ。その彼女が死を考えながらなに気なくぶどうを食べた。それだけのことだろう」

私が云うと中村が、

「それじゃ丸ごと呑み込んだ説明にならないじゃないか」

「そこは正直云って分らない。でも死が近づいた時、人間はぼんやりして、つい種を呑みこんだりするもんじゃないのかな」

「自殺を決意したからといっても、種を出すことくらいはするだろう」

「でも、頭のなかはまるで別のことを考えてるかもしれないぞ」

「一度ならともかく、二度も三度も無意識に呑みこむってことがあるかな」

「自殺の理由にもよるけどね」

私達はてんでに推測しあったが結論は出そうもなかった。

だがいずれにしてもそれらは大したことではなかった。問題なのはこの女性の血管や神経が解剖書どおりに明快な、一般的な走行をしているかどうかということであった。死因そのものは解剖実習とは無関係である。要は奇形でない平均的な人体でさえあれば、ぶどうが何粒胃に入っていようと、死ぬ時腹が減っていようとかまわない。

「それはテストの範囲外である」

中村の一言で三十分におよぶ、ぶどう論争は終った。

私達はその間に他から遅れをとったことに気付き、その空白を埋めるため、メスを持ち直して淡黄色の細い神経の追跡にかかった。

私達のテストは半月後に迫っていた。今迄《まで》覚えこんだ事柄が、ぶどう論争ですっかり持ち去られてしまったような気がしていた。だが小淵はなおも自分の発見を誇るように、ぶどうの皮と種子を丁寧に洗って時計皿に移し入れていた。

三

どうして屍体の女性の身許《みもと》を探るつもりになったのか、私にはうまく説明がつかない。

直接のきっかけは、もちろん解剖の途中に胃袋からぶどうの種を発見したからに違いない。だが胃袋から食べ残りが出てきたからといって、その人の生前の様子を探るのだとすれば、この女性にかぎったことではない。屍体のほとんどには胃袋に食物の残渣《ざんさ》があり、固形物も珍しくない。探るということから云えば、それらの人についても探るべきである。

この女性にかぎって探るつもりになったのは、出てきたものがぶどうだったからだろうか。あるいはそうかもしれない。だがそれは胃袋にあって格別不思議なものではない。石やら硬貨がでてきたのとはわけが違う。

結局、私は女性そのものに魅《ひ》かれていたのに違いない。

何日間もホルマリン液につかっていた屍体から、生前の女性の顔を想像するのは無茶なことかもしれない。だがその見た感じからでは、ほっそりとしてやさしげであった。すでに仏になっているからそう思うのかもしれないが、顔は苦悶《くもん》のあともなくおだやかであった。

私がこの女性に魅かれたのは、ホルマリン液槽から私達の解剖台に運ばれてきた時からに違いない。その瞬間から私はこの女性が気がかりであったのだ。

若くして何故死んだのか、何故行き倒れ者と一緒に学生解剖などに廻されてきたのか。

私の眼の前で女性の屍体は惜しみなく体のすべてをさらしていた。抗《あらが》うことも羞《は》じらうこともない。

そうした屍体からぶどうの種が飄然《ひょうぜん》と現われてきたことに私は驚きとともに愛着をもってしまった。それはいかにも少し前まで生きていたことを大声で主張しているように思えた。死の体内でそれだけがかそけき息吹きを続けてきたのだった。

ぶどう自身がその突飛な出現に戸惑い、去就に迷っているという恰好であった。それには丁度、生を享《う》けると同時に母親を失った新生児のような不安がおおっていた。

死者は生きていた証《あか》しとして、数十日の間、ただ一つ、このぶどうを胎内にとどめ、残していった。たまたま私達の手に委ねられたのは一個の屍体であって、それ以前の生の断片は私達の関与する範囲ではないかもしれない。

だがそれでは気が済まぬものを私は感じていた。自殺は自殺なりに、この若く逝った死者にふさわしい優しい理由が欲しかった。それは私の死者への一方的な望みかもしれない。勝手な期待かもしれなかった。大方の死者はそんな探索は迷惑で、望みもしないことかも知れなかった。

でも、私はこの屍体が私達へぶどうを通じて最後の小さな供養を甘えているようにも思えた。身動き一つしない、動きを失ってしまった屍体が、あからさまに訴えるわけはなかったが、にもかかわらず、屍体は私を凝視していた。

解剖屍体とはいえ、学生仲間であらぬ推測のうちに葬られるのはいかにも不憫《ふびん》であった。それは自ら生を断った死者への務めのように思えた。

私は誰にも告げず、一人だけである計画をすすめることにした。

宮野圭子、二十五歳、バー〝エルドネ〟ホステス。九月十五日、豊平川《とよひらがわ》上流、定山渓《じようざんけい》、薄別《うすべつ》温泉間、通称二の沢にて投身自殺、原因不明、定山渓派出所扱。

本籍、東京都世田谷区太子堂《たいしどう》町四ノ四五

現住所、札幌市南六条西七丁目、小部方荘

以上の手掛りが私が解剖学教室、市役所、警察署、新聞社を二日にわたって廻り歩いた結果えたものである。

一カ月前、九月十六日付の夕刊には次のような記事がでている。

十五日、午後四時頃、定山渓滝見沢、通称二の沢の豊平川上流に女の死体があるのを付近で釣りをしていた人が見つけ、定山渓派出所へ届け出た。

死体の状態から、近くの岩場から投身自殺をはかったものとみられている。

年齢、二十二、三歳、身長一五五センチ前後、赤の毛糸のセーター、紺のスカート、藤色のコート、白のパンプスをはいているが身許不明。

とある。殺しならともかく、原因不明の自殺は平凡な記事とみえて、三面下段の交通事故に続いて小さく出ていた。

死体が発見されたのは札幌から豊平川沿いに二十キロ上流の定山渓派出所管内である。私がそこを訪れたのは十一月の初めであった。派出所は黄色いモルタル塗りで、小さいけれども瀟洒《しようしや》な建物だった。私は一度ボックスの前を通りすぎて中の様子を窺《うかが》った。五十歳ぐらいの老巡査が腕を組み、椅子に背を凭《もた》せたまま仮睡《まどろ》んでいた。スマートなモルタル塗りの外観には似合わぬ風景であった。

巡査は退屈しきっていた。死者と生前、なんの関わりもなかった私には答えようのないことを、彼は次々と尋ねた。

「で、一体どういうご関係で」

初め私はこの問いにすっかり当惑してしまった。

「一寸《ちよつと》知っているものですから、死者の辿《たど》った道なり、死体の上った場所でも教えていただければ結構なんですが」

「お知合いですか、それはまた残念なことをしましたなあ。してどちらから見えたのです？」

私は長々とこの人の良さそうな老巡査と話を続けるのが面倒になっていた。それに身分を誤魔化すのに辟易してしまった。こんなことなら初めから、屍体を実習で解剖したので供養のつもりで来た、と正直に云ったほうが良かったかもしれない。

だが、それならそれで解剖のことなぞを、煩《うるさ》く聞かれるかもしれない。私は観念して、本籍の東京を思い出し、東京の知人でおしとおすことにした。

「東京からわざわざ、そうですか、それは大変でしたな。いま若いのが見廻りから戻ってきたらお連れしましょう。まだ二カ月と経っておりませんからね、場所はようく知ってます」

巡査はうなずきながら私へ茶を淹《い》れてくれた。

私はいつのまにか、自分の立場が妙なものになっているのに気が付いて、狼狽《ろうばい》した。いまここでは死者と私は生前、親しい関係にあったことになっている。しかも老巡査は口でこそ云いはしないが、私を死者の恋人か、あるいはそれに類した男として話しかけてくるのである。

「まだ若いのに、どんな悲しいことがあったのか、儂《わし》にはそのあたりのことは分らんが、もったいないことをした」

半ば独白するように、半ば知人だと名乗る私に、その理由《わけ》をただそうとするかのように熱い茶をふきながらそうくり返す。

私は黙って巡査の淹れてくれた茶を啜った。私は答えようがなかったのだが、それをさえ彼は私が過去の傷みに触れられてよく云えないのだと考えているらしい。

「あんたが来てくれて、死んだ人も喜ぶだろう」

私は彼女のなんだろうか、知人でも、まして恋人でもない。しかし私は彼女を他の誰よりも知っている。血管を見、お腹《なか》のなかを見、そしてなによりも胃のなかのぶどうを見たのだ。彼女の本当のことは私だけが知っているのかもしれない。

三十分して私達は黄色いクリーム色のボックスを出た。

――左、豊平峡、右、薄別温泉――

その二股で私達は右へ曲った。賑《にぎ》やかな温泉街を縦走する大通りはここで二分し、そこからは細い山道になっていた。老巡査は年に似合わず足が早かった。

豊平川の最上流にかけてあるという釣橋を渡りきると私達は清流を右手に見ながら進んだ。道は元々は杣夫《きこり》が開いたのだが、今では定山渓から薄別まで四キロ行程の恰好なハイキングコースになっていた。

「気持がいいでしょう」

東京からきたという私に、巡査は自慢げにふり返った。河はせばまり十メートル下で激流をなしていた。片麻岩の脆《もろ》い立襞《たてひだ》がほとんど垂直に河面に接している。老巡査の腰の警棒がまだ露の残っている草地を揺れていく。

釣橋を渡って三十分も行くと激流は消え、狭い河中に直立する岩肌に守られて底深い瀞《とろ》ができていた。岩の間からもう一つ上流に大きな瀞が見え、水勢はそこで一旦おさえられてから、この瀞へ入るのであった。

「ここですよ」

巡査は瀞を形づくる岩の頂に当る個所《かしよ》に腰を降ろした。足下十メートル、崖の両脇には紅葉が迫り、その葉が瀞に落ちていく。

「いいところでしょう、そのわりにはこのコースは知られてないが」

彼は今度は観光ガイドのような口吻《くちぶり》になった。

「ここからとび降りたのですか？」

「見た人がいないからよくわからないが、この岩の横にハンドバッグが残っていたから、ここからということになるんでしょう」

「死体を見つけたのは誰です？」

「この二十メートル下で釣りをしていた人でね、この辺りはヤマベがよく釣れます」

老巡査は私から少し離れて新生に火をつけた。

私は瀞を覗き、それから後ろを振りかえった。かえで、ぶなの樹々《きぎ》の間にすすきが揺らぐ。十一月の半ばを過ぎて空はすでに冷えた蒼《あお》に変っていた。

「このあたりに山ぶどうの木はありませんか」

「山ぶどう、あるだろう」

老巡査は立ち上り、辺りを見まわした。

「いまはコクワの実もとれるからね」

彼は私の立っている岩場の前まできて立ち止った。

「ほら、あんたの左側にあるだろう」

かえでと猿おがせの間、蔦状《つた》にのびた赤茶けた葉にかくれたように、黒い山ぶどうの房がある。葉をよけるとかさかさと音がして、その下にもう一房、ぶどうが重なっていた。

私は近づき、その房の表に触れた。山峡の陽射しのなかで黒い粒はその数だけ、光を照り返した。

「これは食べられるんでしょう」

「もちろん、霜がくるいまごろが一番美味《おい》しいんだよ」

私はその一つをもいで口に頬ばった。円《つぶ》らな感触が舌を撫ぜ、やがて甘味な露が口のなかを満たす。

「あの人を尋ねてここに来た人は、あんたで二人目だよ」

「二人目？」

「初めに来たのは死体が見つかった三日あとにね、女の人だった」

「二十五、六の人でしょう」

「そうだ、死んだ人の友達だと云っていたけど、あんた知ってるのかい」

「一寸ね」

答えながら私はぶどうの実をゆっくりと口の中でつぶした。

四

宮野圭子の生前のただ一人の友人である柴山弘子に私が逢ったのは、この自殺現場へ来る三日前であった。

柴山弘子は圭子の死体があがり、身許がたしかめられた時、圭子の勤めていたバーで一番親しかったという理由から警察に呼び出されて、いろいろと事情をきかれていた。

正直なところ、彼女はバー・エルドネでは、三十人いる女性のなかで最も圭子と親しかったし、そのアパートへも行ったことがあるが、死者の友達らしい友達はあなたしかいない、ときかされて改めて驚いた。普段からたしかに死者は口数少なく、もの静かであったが、それほど孤独だとは思っていなかったのである。

私は警察でその友人の勤め先をきくと、すぐエルドネに電話をかけて逢う約束をした。

翌日の午後、喫茶店で逢うと、彼女は、「あたしは圭子さんと知り合って半年にしかならないのよ」と前置きしてから、私の立場を格別聞き糺《ただ》そうともしないで意外に気軽に死者の生前の様子を話してくれた。

「自殺だというのに圭子さんのことについて問い合せてくる人はまだ一人もないんだから、あきれてしまう。薄情っていうのか、本当に身寄りがなかったのか、とにかく非道《ひど》いったらありゃしない。店のお客さん達が、他の女から聞いて当座だけ、俺に失恋しただの、誰か好きな男でもいたんじゃないか、と酔いながら話題にしたのがせめてもの慰め、可哀想《かわいそう》といえば、あんな可哀想な人はいないわ」

友人はそんな腹癒《はらい》せをばんばんと私にあてつけた。

「あたしは身許引受人になるほどの関係でもなかったので、死体はそのまま市役所の方に引き取ってもらったけれど、なにか悪いことをしちゃったような気がして、誰方《どなた》かあの人のことについて尋ねてくる人がいたら私が知っているかぎりのことはお話ししますからって、警察の人に云っといたのよ。あなたはそれを聞いて来たんだと思うけど、あなたが本当にはじめてよ」

彼女はそう云って私を見詰めたが、その眼は私を非難しているというより、むしろ歓迎している眼差しであった。

「店に来てからのお交際《つきあ》いだから、あたしは圭子さんの前歴はほとんど知らないのよ。せいぜい前は東京にいたという程度で、なにかタイピストをやっていたらしく、タイプはうてるって云ってたけど、うったのは見たことがないわ」

「店では売れっ子だったんですか」

「そうねえ、顔はいいし、スタイルも悪くなかったから、彼女に気のあるお客さんは何人かいたようだけど、大人しくてどっちかというと客扱いは下手な方だったから、損していたと思うわ。でもなにか翳《かげ》りがある感じで、それがいいというお客さんもいたわ」

「それで恋愛関係はどうだったのでしょう」

「なかったと思うわ、少なくとも店ではなかったわ。あなたはそのことについてはなにも知らないの」

「ええ、僕はただ、まえに一寸知っていただけで」

　ここでも私は嘘をついた。

「そうなの、あたしも詳しくは分らないけど、ただ以前にすごく好きな人がいたことだけは事実ね。あの人のお部屋、小さな箪笥とサイドボードがあるだけのがらんとした部屋だったけど、そのなかに、ある男の写真だけはいつもあったわ」

　友人は云いながら私の顔をちらちらと見た。もちろんそんなことで私は動じるわけはなかった。

「その人を愛していたんですか」

「そうね、そうみたいだわ、あたしが聞いてもあの人はなにも云わなかったけど、云う気にはなれなかったのね」

「どうして？」

「愛しすぎたからかもしれないわ」

「じゃなぜ北海道なぞまで来たんです？」

「それは分んないわ、でも多分……」

「多分、なんです」

「もう面倒になったのかもしれないわね」

「面倒？」

「これはあたしの勘だけど、あの人、若いうちにあんまりすべてを見過ぎちゃったみたいよ」

私には彼女の云う意味がよくは分らなかった。

「お店に出てもさっぱり欲がなかったし、スポンサーになってやるという人もいたけど、そんな話にはさっぱりのらなかったわ。いつも一人で早く帰ってきて、石油ストーブの部屋で寝てたわ」

「じゃ、ずい分陰気だったんですね」

「ううん、陰気とは違うわ、お客さんとでも結構さわぐのよ。でも気付いた時は、いつも先に一人になっているのよ」

死者の輪郭は摑《つか》めたようでやはり摑めなかった。

「家族のことはなにか、聞きませんでしたか」

「たしかに身内の話になると、ただ笑っているだけで、これといって喋ったことはないわ」

「分らないな」

「でも、あたしはあの人がこんなふうになって消えていくような気がしてたのよ」

「どうしてです」

「なんて云うか、あの人の声って、いつもヒタヒタとして抑揚っていうの、変化がなかったでしょう。それで聞いているうちにいつもこっちが不安になったのよ」

「じゃ、前から自殺することは考えていたのですね」

「違うわ、それは違うわ」

女は声を大きくして否定した。

「あの人は自殺じゃないわよ」

「でも、警察の調べでは自殺になってますよ」

「違うわ、あたしは自然に死んだんだと思うわ」

「自然に？」

「そうよ、ついふらっと。あなた、あの人が死んだ所に行ってごらんなさい。そりゃいいところよ、空を見ながら歩いていたら、ついもう一歩進んでみようかなんて思うから、そしたら終り。何キロもの道を平気で歩いてきたのに、そこが岩の先だからって足を止めるのは可笑しいでしょう。今一歩くらい進んだっていいだろうなんて、つい思っちまうでしょう。それよ、足下を見て歩くから怖いので、真直《まっす》ぐ前だけみて歩いていたら、別にどうってことはないじゃない。そのままの調子で進んでいけるでしょう。遠い河岸から見てる人になら、たった一歩出ただけで瀞に落ちるのと生き延びるのとは大変な違いだけど、歩いている当人にとっては一歩出すか出さないかの違いでしょう」

「しかし前に恋をしていて……」

「ううん、恋とか男なんて、あの人はもうとうに過ぎていたのよ。第一、そんなことで死ぬならもっと早く死ぬはずじゃない。いくらでも死ぬ時期はあったはずよ、なにもこんなところへ来て半年以上も経って死ぬ必要はないわ」

女はもう一度力をこめて云った。

「散歩の途中で偶然、なに気なく死んだだけよ」

私はこの女性に、死者の胃のなかにぶどうの丸呑みだけが残っていたのはなぜだろうかと尋ねたかった。死ぬ数時間前にこの女性と逢ってぶどうでも食べなかったろうか。迷いながらその言葉が喉元まで出かかった。

だが尋ねる気にはなれなかった。一つには女の熱した口調を殺ぐのを怖れたからだが、さらに私が死者の跡を辿ろうとする動機を上手に、この女性へ話せそうには思えなかったからだった。生の兆のまったく失われた屍体から、忽然《こつぜん》と現われたぶどうへ抱いた私の愛着といったものを、この激しい口調の女性へ説明する自信がなかったからでもある。

「あの人、じいっと待っていたのよ、じいっと一人で、音もたてずに……」

「なにをです」

「なにって……こんなことをよ」

ウエイトレスがきて冷めたコーヒーカップを下げていった。私は最後に小さな声で云った。

「死ぬ時、あの人は山でなにを考えたのでしょう」

「死ぬ時……」

女は頰杖《ほおづえ》をつき正面の壁を見た。

「コクワかぶどうの実でも食べながら、唄でも歌っていたんじゃない」

「ぶどうを?」

「だってなんにもやることないでしょう」

「でも……」

「あの人って、一人に慣れていたから、死ぬ時も一人でぶどうでも食べていたんだわ」

私は礼を云って、その友人と別れた。死の当日の宮野圭子の行動については誰も分っていなかった。彼女はアパートの一人住まいだったし、友人も、体具合が悪くて休んだのだろうと簡単に考えていたからである。

五

晩秋の冷たい空を映して瀞は青く澄んでいた。ここまで来ると下流の激しい岩を噛む水音は岸壁にこだましあって、ようやく低く届くだけだった。瀞の中央では水は移動しない。多分、その水底には死者が入水《じゅすい》した時と変らぬ水がとどまっているのかもしれない。

九月から十一月まで二カ月を経て、水は冷たく沈鬱な色調に変り、北国の山峡にはすでにくすんだ初冬の冷気がひそんでいた。

私は口に含んでいたぶどうの種を掌《てのひら》の上にのせた。硬く楕円形《だえんけい》のその種は、死者の胃からでてきたのと同じく、瑞々《みずみず》しく艶があった。

私は解剖室に仰臥《ぎょうが》している屍体を思った。六人の学生が輪を作って教授の説明に耳を傾けている。彼の説明は正確を期している。

——上腸間膜動脈《アルテリア・メゼンテリカ・クラニアーリス》、これが腹大動脈の前側からでて、先《ま》ずすぐここの細い十二指腸動脈を分枝し、さらに空腸へは、十数本に分れる空腸動脈、その下では回腸動脈を出して、小腸の機能を司《つかさど》るわけです。一方右側へはまず右結腸動脈、この屍体ではやや高位から出ているが、回腸動脈があって、これらは回腸を一周したあと前のとたがいに吻合《ふんごう》しているわけです。この辺りの動脈を出すには、メスを使うより爪で丹念に剝いだ方がいい——

屍体は平然として拒絶することがなかった。動脈を切断しても、血液は凝縮して流れることはない。すでに緊張は硬直に変り、内臓にはこれと逆にかぎりない弛緩《しかん》だけが残っていた。

解剖をはじめて以来、屍体は一日毎に腐蝕《ふしょく》の度をくわえてきていた。その行手だけは一瞬も休むことがなかった。一日水に浸すのを忘れると皮膚は硬化し、褐色の角質のような光沢をもつに至る。今は屍体へ肉眼では見えない腐敗菌が圧倒的に跳梁《ちょうりょう》しているのを、私達は認めざるをえなかった。

生きている証しはもうどこにもなかった。死が正確にそこに横たわっていた。死んだ位置ですべての態位は確定されていた。右手の肘は腹側へやや屈曲し、顔はいくらか左へ向け、右手は小児のように握られたままだった。その位置で四肢に硬直が起ったのだった。

最後に内臓がすべて摘出されるとそのあとには丸い空洞だけが残った。もう肉体の形相はなかった。

——あの人、以前好きな人がいたのよ——

喫茶店の一隅できいた女の口早な饒舌《じょうぜつ》が思われた。

——ぶどうでも食べて、唄でも歌っていたのよ——

彼女は自分の解釈に陶酔していた。両肘をついて、髪の毛に指をからませながら、アイシャドウの濃い眼差しで私に強制するように同意を求めていた。私はうなずいた。しかし、そんな生の面影はもうどこにもなかった。かつて一人の男に狂おしいまでの愛を捧《ささ》げた女の命を、喫茶店の一隅で信じかけたことさえ、今の私には不思議だった。

解剖実習のテストがおこなわれたのは、私が瀞を見てから一週間あとだった。教授は私に近づき、女性だから神経が細くてやりにくかったかな、といってから質問をはじめた。

「これは」

「脛骨《けいこつ》神経です」

「ええ、でここで分れているのは」

「腓腹《ひふく》神経」

「どういう走り方をします」

「腓腹筋の後ろ側を下りて、腓骨踝《ひこつか》の後ろ側で方向を変えて背側に出ます」

「一緒に走っているのは」

「えっ？」

「神経じゃなくて静脈があるでしょう。浅いから切れちゃってるかな」

「ああ、小伏在静脈《しょうふくざい》ですか」

「そう、それはどこに行きます」

「拇指《ぼし》外転筋にいって、拇指を外に曲げる働きをします」

「他に短拇指屈筋にも行くでしょう」

教授はピンセットの先で神経をつまみあげながら、せかせかと質問を続けた。私は答えながらふと、この学究的な教授に、山ぶどうはどうして自殺した人の胃のなかに入っているんでしょうか、と逆に尋ねたい衝動にかられた。

屍体解剖はテストのあと二日で終了した。私達は急がねばならなかった。翌日からは順に屍体を焼却してしまうので怠けた分もすべて一日でやり終《おお》せねばならなかった。テストの終った屍体はただ骨格だけが明瞭に残っていた。

「これどうしよう」

小淵が時計皿のなかのぶどうの種を見て云った。

「君はいらないのか」

「別に……」

「じゃ、俺がもらっておく」

「解剖をしっかりやりましたって証拠にはなるぜ」

「そうだな」

私は時計皿をガーゼにつつみ、解剖セットの上に置いてから、小淵と並んで手を洗った。もう当分屍体臭ともお別れであった。この解剖実習が終ると私達には冬休みが待っていた。

「あれが胃袋から出たってことは誰も信じないだろうな」

「うん、信じなくてもいいさ」

私は女の友達に逢い、澥を見たことを云おうと思ったが、云うまでもないと思ってやめた。

翌日、凍った大地に浅く掃いたように雪が降った。初冬の冷気が気忙《きぜわ》しげな朝の通りに止っているなかを、私達はオーバーを着て学校へ向った。

冴えたその冷気の先から、私はキナ臭い匂いに触れたように思って顔をあげた。午前の乳白色の大気に向けて、煙突の先から薄い煙が出ていた。それは緩慢に一旦垂直に出て、やがて左右へ不定な縁取りをとってから宙に消えていく。煙突の背景には西南に、頂だけ雪におおわれた山並みが見えた。

「寒いな」

スチームに手をかざしながら私達は南側の窓から実習室を見下した。白いタイルの部屋にはすでに屍体はなく、黒い解剖台はまとめて一隅へ寄せられていた。

「あの屍体、全部焼くのに何日くらいかかるのかな」

「解剖で解きほぐされているから、一日あれば終るんじゃないかな」

吉井が云うのに、私はうなずいた。

煙はその日、一日中晴れた空を横切り、次の日から、私達は冬休みに入った。

小脳性失調歩行

一

「小泉先生、お電話です。刑務所らしいですよ」

「刑務所？」

医者をやって十年あまりになるが、刑務所から呼出しがくるほど悪いことをやった憶えはない。警察にかかわりがあるとすれば、駐車違反を二度と、スピード違反を一度やったくらいのものだが、それとてもすでに解決ずみである。

「もう一度ムショに戻ってこい、って云うんじゃないの」

医局員の冷やかすなかを、私は電話口に立った。

「もしもし、整形外科の小泉先生ですか」

声はやや年輩の男の声だった。

「そうですが」

「わたくしO医療刑務所の柳田と申します」

私には初めてきく名前だった。

「突然で恐縮ですが、先生は昨年の九月にS刑務所に、おいでになったことがないでしょうか」

「S刑務所？」

「義肢の装着の件で、おいでいただいたと思うのですが」

「ああ、あれですか」

それでようやく思い出した。実を云うと昨年の九月、私は病院からS刑務所の依頼で、囚人達の義肢装着の状態を点検に行ったことがあった。

囚人のなかには不具者はいないように思うかもしれないが、それが意外に多い。その時の記憶では、たしか義肢をつけた人だけで十五、六人はいたように思う。

いずれも腕や肢《あし》を切断した人で、いわゆる身体障害者として登録され、必要にして最小限の義肢は、国から無償で提供されることになっていた。

点検というのは、年に一度、整形外科の専門医がそれらの義肢の破損状態や適合状態を調べ、新調の必要なものには新調を、補修の必要なものにはその旨、指示を書いて、義肢装具商に発注する作業である。

以前は刑務所の囚人達にはそんなことはしておらず、かなり古くなった装具もそのまま、刑期を終るまで我慢しろ、といった調子であった。

だが身体不自由者に等級が決められ、手帳が交付されるようになってからは、囚人だからといって放置しておくというわけにはいかなくなってきた。じっと独房にでもいるのならともかく、古くなって壊れた装具のまま、雑居房に置かれて作業などをやらされるのでは、本人の苦痛はかなり大きい。もちろん働かせるほうだってやりにくい。

それで最近は年に一度、定期的に大学病院の整形外科医に診察を依頼にくるのだが、去年は私が頼まれて、一日、S刑務所に行ったことがあった。

電話の主はその時のことを云っているらしい。

「その折、穴沢という患者を診ていただいたはずですが、ご存じでしょうか」

「穴沢？」

いろいろの囚人の顔があったように思うが、いま急に云われても思い出せない。

「ちょっと診ていただいただけらしいので、もうお忘れかもしれませんが、肢体不自由者ではないのです」

「義肢のことじゃなくて？」

「なにか本人が云うのには、右へ廻る、とかということで先生に診ていただいたと……」

「右へ廻る……」

考えるうちに、私の脳裏に一人の男の顔が浮かんできた。

「あの三十前後の割合、小柄な人でしたか」

「そうです、そうです」

「あの人、どうなりました？」

「それが、いま私共のＯ医療刑務所に入院しておりまして、実は今月一杯くらいで、駄目かと思うのです」

ようやく話の筋がわかってきた。その男ならたしかに去年の九月、義肢点検のとき、診察したことがある。いまは十月の初めだから、あれから一年の月日が経っている。

「やはり駄目ですか」

「もう、本人もあきらめているのですが、それで、あの男が死ぬ前に一度、是非先生にお逢いしたいというのです」

たしか婦女暴行と強盗とかで前科五、六犯の男だときいた憶えがあるが、その男が逢いたいというのはどういうわけか、内心、私は落ちつかなかった。

「逢うたって、僕は別に……」

「いえ、別に先生にご迷惑をかけることではないらしいのです。そんなことでしたら私達も許しません、でもあの男の云うのには死ぬ前にお逢いしてお礼を云うことと、他になにかちょっと、頼みもあるらしいのです」

「なんでしょうか」

私はまだ薄気味悪かった。

「どちらにしてもたいしたことではないようですから、とにかく一度、逢ってやっていただけないでしょうか」

「まあ、行くのはかまいませんがね」

死ぬ前の最後の願いだとあれば、凶悪犯だとはいえ、無下に断わるわけにもゆかない。

「そんな状態なので、本人も待っていますので、できるだけ早く、お願いしたいのですが」

「時間は何時でもよろしいのですか」

「ええ、こちらのほうでなんとかいたしますから」

「じゃあ、明日の夜にでもお伺いしましょうか、そこはどういうように行けばいいのでしょう」

「中央線のO駅で降りまして、駅前からS行きのバスがあります。それに乗って四つ目にO医療刑務所前という停留所がありますから、そこで降りて下さい」

「かなり遠いね」

「申し訳ありません、明日なら私は当直でおりますから、刑務所の守衛に、病院看守の柳田を呼んでくれ、と云って下さい」

「わかりました」

「それじゃあお待ちしています」

死を目前にした凶悪犯に逢ってどういうことになるのか、受話器をおいても、薄気味悪さは消えなかった。

二

穴沢という囚人に私が逢ったのは、たしかに去年の九月だった。

S刑務所は埼玉県と東京都の県境に近いO町にあり、収容人員は二百名ほどの、刑務所としては中クラスの規模だった。一般には刑期五、六年以下の囚人が多く、刑務所に隣接する工場で、囚人達は適性に応じて、木工、印刷、耕作といった作業をやっていた。

ここの刑務所には一応医務室があり、病室も二十ベッドほどあったが、専属の医師は医務部長という人が一人で、他は大学病院の内科から週に二度ほど手伝いに来てもらう、という状態だった。

それも医務部長は臨床医というより衛生管理の行政官に近く、専攻は内科だというが、囚人の一人一人までは手がまわりかねているようだった。

そんなわけで週に二度ほどくる内科医が、実際には囚人達を診ていたようだが、彼とても専攻は内科で、それも若い医師だから、内科以外のものになると、あまりよくはわからないようだった。

結局、医務室といっても風邪か、簡単な怪我《けが》を診るくらいで、少し面倒なものは、O医療刑務所に送るという体制になっていたようである。

そんなわけで、整形外科の専門医がS刑務所を訪れるのは、年に一度の義肢点検の日だけだということだった。

ここでことわっておかねばならないが、整形外科というのは、いわゆる美容整形のことではない。よく女性などで、整形外科というと、目や鼻をなおすのだと、早合点する人が多いようだが、これは美容整形で、本来の整形外科とは違う。

本来の整形外科とは、四肢、骨、関節、および脊椎の外科で、脳や内臓以外の外科を云うので、したがって手足を切断したあとの義肢の装着は、当然、整形外科の分野に入るわけである。

先にも云ったように、私が行った時には、約十五、六名の手足の不自由な囚人が集った。

医務室は普通の診察室と同じで、中央に医師の坐る机と椅子があり、向かいあって患者用の丸椅子があり、右手に診察用ベッドが一つ置いてあった。

医師の机のうしろに煮沸器、薬品棚、器械棚などがあるのも、一般の病院と変らない。

違っているところといえば、看護婦がいないことと、かわりに看守が白衣を着て、見張っていることだった。

囚人達はあらかじめ診察を受ける順番がきめられているらしく、雑居房から二、三人ずつ呼ばれてきては、診察室の前の廊下の長椅子に坐って待っていた。

もちろんこの廊下にも二名くらいの看守がいて、待っている患者達を監視していた。患者はみな囚人だから、頭を丸く刈られ、一様に灰色の囚人服を着ていた。罪の軽重により服の色が変るというようにきいていたが、私が行った時には、赤衣の重罪犯はいなかった。

診察は、「入れて下さい」という私の指示に応じて、白衣を着た看守が廊下にでて、囚人の名を呼ぶ。もちろん「……さん」などはつけず、呼び捨てだった。

囚人とはどんな怖い男達かと、私は来るまではあまりいい気はしなかったが、会ってみるとたいしたことはなかった。

皆、一様に照れたような、困ったような顔付きで入ってきて、私の前で一礼してから丸椅子に坐る。質問にも「はい」とか「いいえ」と軍隊式で礼儀正しく答え、診察だけについていえば、普通の患者さんよりは、はるかにやりやすかった。

これはもちろん囚人としてのひけ目と、横で看守が睨んでいるせいもあるのだろうが、義肢をつけている人達は、身体障害者であるだけに暴力犯は少なく、知能犯が多いことも影響しているのかもしれない。

れてくる。

診察に当ってあらかじめ、本人の名前と生年月日、前科などが書かれたカードが廻さ

当然のことながら、私はその前科が気になった。

それらを見ていると、「詐欺、前科三犯」とか「横領」といったのが多い。

顔を見ると大人しそうで、物腰もやわらかく、囚人とはとても思えないが、でもそんなふうに思わせるところが、詐欺常習犯の常習犯たる所以《ゆえん》なのかもしれない。

それでも囚人だけあって、ずいぶん損《いた》んだ義肢を使っている男もいた。

寸借詐欺専門の前科五犯の男などは、右の大腿の半ばから失《な》いのだが、その義肢が膝のバネがこわれていて曲らず、大便をする時、立って脚を前へ投げ出した恰好でやる、という可哀想なのもいた。

これなど関節のところの金具が壊れただけだから、ネジ釘《くぎ》とネジ廻しさえあれば、簡単に治るものだが、囚人であるため、そんなものは貸してもらえず、おかげで半年近く不便を我慢していたらしい。

またなかには、いまではもうほとんどお目にかからなくなった旧式の義肢をつけている者もいた。これなぞは装具自体が重いうえに皮革部はぼろぼろ、おまけに断端部が合わず、隙間に作業中に集めた枯草を敷きつめるというような、涙ぐましいものもあった。

こんな義肢で作業をするのでは、ずいぶん大変だったろうと同情したものだった。

彼等が一様に古く、ぼろぼろの義肢を、不満もいわず後生大事に使っているのは、障害者手帳があれば国が無償で与えてくれるという制度を知らなかったためらしいが、それともう一つ、手帳をもらいに行くと、前科がバレて、白い眼でみられるのが嫌さに、役場に行かないという事情もあったようである。

それはともかく、人は見かけによらないものである。

実直で真面目そうな男が詐欺の常習犯であったり、小心で大人しそうなのが婦女暴行犯であったり、容貌魁偉《かいい》でこれはいかにも悪そうだと思うのが、置引き専門であったり、私が顔を見て想像する前科と、カードにあるのとはほとんど一致しない。

名前が呼ばれると、カードを見ないで、さて今度はどんな男が入ってくるかと思い、入ってくると顔や態度から何の罪かと考えていると退屈しなかった。

とにかく刑務所というのは、この世のふき溜りで、街で逢う一人一人には別にどうということも感じないのに、囚人の一人一人に逢っていると、自《おの》ずと人生の重さといったものが思い出されることが多かった。

そんなわけで診察をしているうちに、私はなにかしら彼等にある親しさを覚えてきた。それは多分、彼等の前科とはうらはらの気弱な面が見えたからかもしれないが。

でもなかには本当に気味悪い男もいた。

例えば右の膝から下を切断していた男など、義肢は比較的新しく、補修する必要もないのに診察を受けに来る。

私は足の切断部と義肢を一通り診て、問題はなさそうなので、

「いいですよ」と云った。

どういうわけか、私は囚人達にものをいう時は、敬語を使っていた。

囚人といっても患者さんだから、この程度の敬語を使っておかしいわけはないのだが、それにしても看守達の言葉からみると、かなり丁寧ではあった。

たとえばベッドで診察するにも、私は、

「ベッドで横になって下さい」というのだが、看守達は、「中村、そこのベッドに横になれ」といった具合である。

これは別に、私が彼等を尊敬しているとか重視しているという意味ではない。正直云って、私は彼等が怖かったのである。もし、生意気な云い方をして、あとで出所してきた時、「あの時の医者はお前だな」などとお礼参りされてはかなわないと思ったからである。

その膝下切断の患者は、私が「いいですよ」と云ったのに、なお義肢を持ったまま、「ここが当る」とか、「ここが締めつけられる」などと云って、一向に立ち上る気配がない。

しかも私の説明をききながら、酔ってでもいるように上体をくねらせ、私の体すれす

れに鼻を近づけ、ぴくぴくさせる。

気味悪く、私が体を退くと、じろりと下から見上げ、また顔を近づけてくる。「帰れ」と私は叫びたい気持だったが、切り傷のある顔に睨まれると、そんな勇気も出ない。

やむなく私はうしろについている看守に、「もういいんですがね」と云ってみた。

「あ、終ったのですね」

看守は男が質問し、私が真面目に受け答えしているので、まだ診察が終っていないのだと思っていたらしい。

即座に「おい、もういいんだ、立て」と命じる。

囚人はもう一度、脅迫とも哀願ともつかぬ眼差しで私を見る。こんな眼で見られるのはあまりいい気はしない。

「立てといったら立て」

二度怒鳴られて、男はようやく丸椅子から立ち上ったが、なお未練あり気に私に近寄り、体にぶつからんばかりに頭を下げて、ようやく出て行った。

一体この男は丁重なのか、無礼なのか、ともかく私はほっとして、煙草を一服つけようとすると、横にいた看守が、

「先生、できたら一通り診察が終るまで、煙草は喫われないほうがいいですよ」と云う。

「ここは禁煙ですか」

「いや、そういうわけじゃありませんが……」

看守はそっと廊下のほうを見て、

「連中は禁煙ですから、猛烈に煙草の匂いを欲しがるのです。いまの男はシャバでは相当喫《の》んでいた中毒みたいな男ですから、いつまでも先生にまとわりついていたでしょう」

「じゃあ、煙草を欲しかったわけだ」

「そうじゃなくて、先生の体についている煙草の匂いを嗅いでいたのです」

「しかし僕にはそんな匂いがあるのかな」

私は自分の胸元を見廻してみた。

「先生はここに来る前、どこかで煙草をお喫みになりませんでしたか」

「医務部長室で喫んだけど」

「それですよ、奴等は敏感ですからね。ああして鼻を近づけて、煙草の匂いを嗅いでいるのです」

「なるほど」

「くどくど難癖をつけるのは、煙草の匂いを嗅ぎたいためですから、適当なところで追っ払ったほうがいいですよ」

そういうものかと、私は感心しながら、出しかけた煙草をポケットにしまいこんだ。

穴沢という男が現われたのは、このニコチン男のあとなお四、五人診て、終りだというので、さて一服しようかと煙草をとり出した時だった。

「先生、済みませんがもう一人、患者を診ていただけませんか」

廊下にいた看守が、ドアごしに顔を出して云った。

「まだ残っていたの」

「それが義肢とは関係ないんですが、藤田先生に、整形外科の先生が来るのなら一度診てもらえと云われたといって、うるさいんです」

藤田先生というのは、週に二日ほど大学病院からここに来ている内科の医師のことである。

「どこか悪いの？」

「別にどうってわけじゃないんですが、ただちょっと、右へ曲るというんです」

「右へ曲る？」

「歩く時、右へ曲っていくんです。どうせ作業をサボりたくてやることはわかっているんですが、二人でモッコ担ぎをやらせても、奴ばかり右へ曲っていくので、仕事にならんのです」

「変だね」

「巫山戯《ふざけ》るなと、何度もとっちめてやったんですが、ずうずうしい野郎で、このごろは意地になって、ますます曲るんです」

「その男、いまそこにいるの？」

「さっきからここに来て待ってるんですが、診てもらえますか」

「本当に悪いんなら診るけどね」

「なに、ちょっと触ってやりゃいいんです」

奇妙な男もいるものだと、私は取り出しかけた煙草をまたポケットにしまいこんだ。

看守に連れられて入ってきたのは、三十歳くらいのやや小柄な男だった。頭はやはり坊主刈りで、幾分猫背だったが、見たところでは、さほど凶悪そうではない。

カードには「穴沢睦夫、三十一歳、婦女暴行、傷害致死、前科五犯」とある。これはちょっとした大物である。

「穴沢、先生にちゃんと云ってみろ」

看守に云われて、男はぺこりと頭を下げた。

「歩く時、右へ曲るんだって？」

「はい」

男の声は意外に優しい。

「どうして曲るんだい」

「さあ……」

穴沢といわれた男は頭に手をあてて考えこんだ。頬骨が張り、小さいががっちりした体つきだが、顔は蒼ざめて精気がない。

「ちょっと、向こうに歩いてごらん」

私は隣りの部屋との間のドアの方を指さした。男は、一瞬戸惑った顔をしたが、すぐ立ち上ってドアの方を向いた。

診察机からドアまでは、十五、六メートルはあった。

「早く、歩いてみせろ」

看守に促されて、男はのろのろ歩きはじめたが、その歩き方はなんとも奇妙だった。まず、男は右手と右足を同時に出す。続いて左手と左足が一緒にでる。

こうして歩きながら、体が左右に揺れる。うしろから見ていると、酔っ払いが手を振って歩いているといった恰好である。

しかもベッドに近づくにつれ、男は少しずつ右へ曲っていく。

「またやり出した」

看守達がげらげら笑いだす。それで気が付いたのか、男は立ち止って方向をたしかめるように前方を見据えるが、またすぐ曲り、ドアの前まで行った時には、直線方向から二、三メートル右へずれていた。

「こちらへ戻ってきてごらん」

私が命じると、男はまた大真面目に手を振って戻ってきた。だが今度もまた右へ曲り、机の前へ戻ってきた時は、やはり二、三メートルずれている。

「まったく本物みたいにやりやがって」

看守達は相変らず笑っている。

たしかに右足と右手と一緒に動かすのは、皆に見られて緊張しているためで、病気のせいではないようである。

だがよろけながら右へ曲っていくのは、必ずしも意識的にやっているとは思えない。その証拠に、向こう側から戻ってくる時、右へ傾いて、二度ほど頭と肩口を壁にぶちつけた。

「ベッドに上ってごらん」

今度は彼を仰向けにベッドに寝かせて膝を組ませ、膝蓋腱《しつがいけん》反射をたしかめてみた。

このテストは、脚気《かっけ》の時に脚がはねあがらないということで、昔はずいぶん有名だった診断法だが、本来は中枢神経がやられているか否かを見分ける簡単な判定法である。

脳から脊髄に至る、いわゆる中枢神経がやられている時には、脚は普通の人より大きくはねあがり、先の末梢《まつしよう》神経がやられている時には、そのままで反応がない。

これは病気でもないのに、大袈裟《おおげさ》にやるとすぐわかってしまう。

というのは、ハンマーを打ち落すようなふりをして寸前で止めたのに、ぽんとはね上るのは嘘だし、眼を閉じさせ、別のことを話しかけて注意力をそらしている時に、ぽんと叩けば、いやでも本当の反応が現われてくる。

ところで男の膝は叩いた途端、ピクリと二、三センチははね上る。右も左も同様に異常な腱反射の亢進が認められる。さらにうつ伏せにしてアキレス腱反射を診ても、やはり亢進している。

これは普通ではない。脳か脊髄か、ともかく中心部のどこかに異常があることは間違いない。

私はさらに膝を伸ばした位置で、皿骨の上を下方におし下げるテストをしてみた。これは、膝搐搦《クローヌス》といって、やはり脊髄神経が冒されている時に現われる症状で、圧迫と同時に皿骨が上下に激しく震動する。

ところがこのテストの結果も、やはり陽性にでる。さらに足関節を直角に立て、裏の方から押して足首が前後に揺れる足搐搦もはっきり現われてくる。

もはや中枢神経が冒されていることは疑う余地がない。

それも、そのつまずくような、体がふらつき、右へ曲る独特の歩き方は、一種の失調性歩行《アタキシー》である。

私の専門は整形外科だから、頸から上、すなわち脳のことはあまりくわしくはない。

しかし脊髄までは専門だから、その関連でこの歩き方が脳の、それも小脳が冒されて方向認定能力を失った時の歩き方であることまでは推定がついた。

要するにこれは、専門的に云うと、小脳性失調歩行である。

小脳に腫瘍《しゆよう》ができたか、なにか出血でも起したのか、あるいは梅毒スピロヘーターが脳まですすんだのか、根本的な原因はわからないが、とにかく小脳が冒されていることは、まず間違いないようである。

「いいですよ」

私はベッドから降りるように男に云ってから、滅菌水で手を洗った。

「どうですか」

看守達はいよいよ嘘がばれると、楽しげな様子である。

「これは少しおかしい」

「たしかにこいつは頭が少しおかしいんです」

「いや冗談じゃなく、これは本当に、脳にできものか、なにかがあると思いますよ」

「本当ですか」

疑わしげな看守達の視線のなかで、男はすがるように私の顔を見詰めている。

「ここではレントゲンもなくて、これ以上、調べるのは無理だから、どこか大きな病院に廻してあげたほうがいいでしょう」

「刑務所の大きな病院というと、O医療刑務所しかないんですがね」

「そちらにすぐに移したほうがいい、放っとくと、ますます悪くなる」

「そうですか」

看守達は信じられぬといった表情で、丸椅子にちょこんと坐っている男を見下した。

「本当に右へ曲るのは、ずるけてやっているんじゃないんですか」

「違うね」

詐病《さびょう》ではないということだけは、私にも自信があった。

「この人にモッコ担ぎや、畠《はたけ》仕事をさせるのは無理だよ」

男は、ざまあ見ろ、というように心持ち胸を張った。

「お前、明日からしばらく休みだ。先生のおかげで儲《もう》けたじゃないか」

病気が確認されて、それが儲けたことになるかどうか、ともかく男は看守の云うのに「はい」と答え、ぺこりと頭を下げた。

私が穴沢という囚人に逢ったのは、そのただ一度であった。

その日医局へ戻ってきて、この話を仲間に話したような気もするが、そのうちそんな男がいたことも、刑務所へ行ったことも忘れていたのである。

三

その日は蒸し暑い日で、午後から厚い雲がおおい、一雨来そうな空模様であった。

私はO駅で降り、そこからタクシーを拾ってO医療刑務所に向かった。

考えてみると私が男に逢ってから、ほぼ一年の月日が経っていた。この間に男の病気はどうなったのか、どんな治療法をしたのか、それらのことは医者としてもかなり興味があった。

暗くてよくわからなかったが、住宅街を過ぎ、畑の間を抜け、病院に着いたのは午後八時を少し過ぎていた。

病院といっても囚人専用だから、周囲はコンクリートの塀に囲まれ、月のない夜空にその白茶けた壁だけが妙に際立っていた。

私は門の入口で守衛に、柳田という人から電話をもらって来たことを告げた。守衛はあらかじめ話をきいていたらしく、所内電話ですぐ連絡してくれた。

やがて十分ほどして現われた柳田さんは、まだ二十半ばの真面目そうな青年だった。医療刑務所となると、看護婦より、彼のような看護夫が多いようである。

「遠いところご苦労さまでした」

彼は深々と頭を下げると、「どうぞ」と先に立って歩きはじめた。

病院は入口から松の植込みを右へ五十メートルほど行ったところにあった。正面は鉄筋の二階建てで、入口の左手の事務室らしいところに明りがついているだけで、まっすぐ延びた廊下は薄暗く、人影もない。

「電話でききましたが、やはり彼はいけないのですか」

私はその廊下を柳田さんと並んで歩きながら尋ねた。

「担当の先生の話ですと、あと半月か一カ月くらいかということです」

「そんなに……」

歩きながら、私は丸椅子にちょこんと坐っていた男の、蒼ざめた顔を思い出した。

「で、病気は結局、なんだったのですか」

「初めは小脳腫瘍だろうということでしたけど、梅毒もあるものですから」

「やっぱり脳にいっていたのですかね」

「陽性の2プラスでした」

「しかし梅毒では、そんなに急には悪くならないでしょう」

「そのことで脳外科の先生にも診ていただいたのですが、腫瘍だとしても手術は場所が場所だけに難しいし、これだけ衰弱していては無理だろうということでした」

「そんなに衰弱していたのですか」

「こちらの病院に移ってきたのは、たしか去年の十二月ですが、その時にはもう一人ではほとんど歩けない状態でした」

私が診たのが九月だから、それから三カ月後に彼は送られてきたことになる。

「じゃあ結局、手術はしなかったわけですね」

「やりませんでした」

廊下は斜めになり、渡り廊下を経て新しい病棟につながっていた。廊下の左右は中庭のようだが、夜のせいかなにも見えず、彼方に塀の辺りを照らしているのか、二つの明りだけがぽつんと見えた。

「すると、彼はいまは寝たきりですか」

「もちろん、下のほうも完全に麻痺《まひ》しております」

「意識は？」

「時たま熱が出ると、うわ言のようなことを云いますが、いまは割合落ちついています」

廊下の向こうから懐中電灯を持った看守が近づき、目礼して通りすぎていく。

「本人は助からないことは知っているのですね」

「ええ、うすうすは……」

「もう少し早く発見していたら助かったんではないかな」

「脳外科の先生は早くても場所が悪いから、多分駄目だったろうと云ってました」

それをきいて、私は何故かほっとした。

「彼からきいたんですが、こちらに来るまで、S刑務所では詐病だと思われていたそうですね」

「そうです」

「彼は先生に病気を見付けてもらって助かったと、口癖のように云っています」

「あれは偶然ですよ」

廊下を渡りきったところで私達は右へ曲った。角に詰所があり、その先に病室が並んでいたが、どこもドアは締まっていた。

柳田看護夫はその端から三つ目の部屋の前で立ち止った。

「ここです」

彼は背広のポケットから鍵をとり出すと、ドアの鍵穴にさしこんだ。

「どうぞ」

病室は二人部屋で、穴沢は入って右手のベッドに寝ていた。左側にも誰かいるようだが、それは白い衝立《ついたて》に距《へだ》てられて見えなかった。

穴沢は頭を窓際に、仰向けに寝ていたが、その窓には鉄の枠がはめこまれていた。花も贈りものもないベッドの周りには、点滴ビンのぶら下った白い支柱と酸素ボンベだけが手持無沙汰に置かれていた。

「穴沢、先生が来て下さったぞ」

柳田が患者の肩を叩いた。

穴沢はしばらく、なにも云わず私を見ていたが、やがて大きくうなずくと、

「せんせい、おれを、おぼえて、いますか」

舌を動かす神経も冒されているのか、男の声は飴玉をしゃぶりながら話すように、悠長で聞きとり難《にく》かった。

「憶えているよ」

間違いなく一年前、S刑務所で診た男だった。当時のいがぐり頭は、いまはかなり頭髪が伸び、頬はこけ、眼ばかり大きく見えたが、たしかにあの時の面影がある。

「やっぱりここに来ていたんだね」

私は布団の端から出ている手を、軽く握ってやった。

「せんせい、よく、きてくれました」

「昨日、連絡を受けてね」

穴沢は痩せて骨の節ばかり目立つ指で、私の手を握り返しながら、

「せんせいに、いちどでいいから、あいたかった、のです」

初めから素直な男だったが、死が近づいてさらに子供のようになったらしい。

「おれ、もう、たすかり、ませんmissing」

「そんなことはないよ、まだまだこれからだ」

「いやあ、こんどは、だめです」

残念ながら彼の云うとおりである。私はこれ以上、慰めにせよ嘘を云う気にはなれなかった。

「あのとき、せんせいに、たすけてもらって、ほんとうに……」

「そんなことはないよ、君」

助けたといっても一時のことで、結局、死ぬのでは仕方がない。

「おかげで、ゆっくり、ぴょいんで、やすませて、もらいました」

そう云われればそうだが、それは特別私の功績ではない。

「せんせい、ありがとう、ございます」

云った瞬間、彼は激しく咳きこみ、蒼白になって痰《たん》を二度ほど吐き出した。それだけでたちまち眼は潤み、荒い息をくり返す。

「さあ、もういいでしょう」

柳田が時計を見た。相手は囚人だし、おまけに重態なのだから、いつまでも面会させておくわけにもいかないらしい。

「せんせい……一つだけ、おねがいが、あるのですが、きいて、もらえますか」

咳が出るのをおさえながら、ゆっくりと穴沢が云う。

「なにかな、僕にできることならいいけど」

私はもうこの男が前科五犯の凶悪犯であることを忘れていた。

「おんな、なのですが……」

「おんな?」

「はい」

穴沢はまっすぐ私を見てうなずいた。

「やすよ、って……おれが、つかまるまえに……つきあっていた、おんなですが……そいつがたしか、ここにいると、思うんです」

そう云うと、穴沢は布団の下に手を這《は》わせ、そこから一枚の写真をとり出した。

写真は名刺判で、中央にワンピースを着た女が一人、風に吹かれて樹の前に立っている。

「うらに……じゅうしょが……」

裏を返すと、不揃いの字で、墨田区向島六—二—四、浦部康代、と読める。

「この、おんなに……あってほしい」

「たしかにいるのなら逢ってあげるけど、これを渡せばいいんだね」

「これはいちまい、しかないから、わたせない……こいつにあって、おれがしぬときまで、あいしてる、っていったって、つたえて、ほしい」

私は改めて写真を見た。女は二十五、六か、眼は一重だが頬の辺りがふっくらとして、やさしそうな感じである。

「ここに、いなければ、うえのひろこうじの〝ラック〟というバーにいって、きけばわかる」

「ラックだね」

私は手帳に、女の住所とバーの名前を書きこんだ。

「いい、おんなだったけど、どうしてるかな」

穴沢は力のない眼を、ぼんやりと天井へ向けた。

「それだけかい」

「そうです、たのみます」

穴沢は胸に手を当て、起き上ろうとしたが、床から離れたのは首から先だけで、それもすぐ力尽きたように枕のなかへ落ちこんだ。

「なんのことかと思ったら、あんなことをお願いして、本当に申し訳ありません」

病室の鍵を締め、廊下に出たところで柳田が頭を下げた。

「いや、かまいませんよ」

私達はまた廊下を並んで歩きはじめた。

「面会人が誰もこないものですから、淋しがって困るのです」

「この康代って人は、来ないのですか」

「一度来たことがあるのですが、それっきりで」

「しかし同棲《どうせい》していたことがあるんでしょう」

「五年間一緒だったというのですが、あの男のいうことですから当てになりません」

「でも、好きだったんだろう」

「他にもさんざん悪いことしといて、病気になってから好きだと云ったたって誰も来やしません」

十月だというのにコンクリートの廊下は冷え冷えとして、跫音だけが響いた。

「お忙しいでしょうから、別に本気で探されなくても結構です。どうせ女性のほうも、そこにはいないかもしれませんから」

「でも、一応、約束したのだから」

死んでいく男を裏切るわけにはいかないと、暗い廊下を歩きながら私は自分に云いきかせた。

四

穴沢の依頼を受けて、私が浦部康代に逢ったのは、それから一週間経った十月の半ばだった。

初め康代は、穴沢の教えてくれた向島にはおらず、上野の「ラック」というバーに行って、そこで働いていた女性から、康代が錦糸町の「めぐみ」というスタンドバーにいることをつきとめた。

だから彼女に逢うため、私は二日間を費やしたことになる。

こんなにしてまで私は彼女に逢おうとしたのはどういうわけか。第一に穴沢の真剣さに惹《ひ》かれたことは間違いないが、同時に前科五犯の男と同棲していた女性に逢ってみたいという好奇心があったことも否めない。

「めぐみ」というバーへ電話をすると、意外にも彼女は本名と同じ康代という名前で働いていた。私は穴沢のことを話し、その翌日の夕方、彼女の出勤前に、錦糸町の駅前の喫茶店で逢う約束をした。

私達はもちろん初対面だったが、私は写真で彼女の顔を見ていたので、見付けられると思っていた。

その日、約束の六時に私は先に喫茶店に行って待っていた。店はかなり広く、正面からまっすぐ通路がのび、その左右にボックスが並んでいたが、私は彼女が入ってくるのが見易いようにその通路に面した席に坐って入口のほうを見ていた。

やがて六時を十分くらい過ぎたころ、ガラスの扉を押して一人の女性が入ってきた。やや小柄で花模様のワンピースを着ている。

私は一目でそれが浦部康代だとわかった。それは人を探すらしい素振りと、丸顔の一重の眼で察しがついた。

私は立って彼女を呼びとめた。

「小泉ですが、浦部さんですね」

彼女は要心深く私を見ながら、そろそろと向かいの席に坐った。

正面で向かい合ってみて初めてわかったのだが、彼女は眼尻の辺りに小皺が多く、写真よりは老けて二十七、八にはなっているように見えた。

夜の勤めのせいかアイシャドウをつけ、かなり濃く化粧をしているが、それが明るいところでは、かえって年齢《とし》を思わせた。

「わたしあまり時間がないのですが、話ってなんでしょう」

康代はコーヒーに手もつけず、無愛想に云った。

「実は穴沢君は刑務所病院で危篤なのです」

瞬間、康代の表情が動いたが、すぐなにごともなかったように、コーヒーカップに眼を落した。

「生きても、もう一週間くらいかと思うのだけど、彼は一人で淋しがっていてね」

きいているのかいないのか、康代は右手でスプーンを動かしていた。

「それで君に伝言を頼まれたのだが、彼は君を愛しているそうだよ」

「…………」

「彼は君が一番好きだったらしい」

「あの人がそう云ったのですか」

「そう、痩せた手で僕の手を握って、きっと伝えてくれといったのでね」

康代は相変らず眼を伏せていたが、やがて顔を上げると、

「だからなんだというのです」

「だからどうこうというんじゃないけど、ただ彼はもう助からないと知った時、君を一番愛していたことを、知ったらしいので」

「いまさらそんなこと云ったって、わたしにはなんの関係もありません」

「まあ、それはそうかもしれないが、でも彼の本心はそうだということだから」

「いままでやりたい放題のことをやってきて、いまさらなにを云うんですか」

康代の見幕に、私は自分が叱られているような気持になった。

「馬鹿も休み休み云うといいわ」

優しげな顔に似合わず、康代の云い方は乱暴である。

「なにさ、いまになってそんなことを云って、わたしはあの人にはなんの関係もないんですからね」

「僕は別に君にそれを強制しているわけじゃないんだ」

「あんた、お医者さまかなにか知らないけど、あんな奴は放っとけばいいんだよ。皆に嫌われて、一人で死ねばいいんだわ」

「しかし、君は彼と一緒に生活したことがあるんだろう」

「それはあるわ、でもいまはもう忘れたいの」

康代は眼をしっかり閉じると、いやいやをするように首を左右に振った。

「君達の間に、どんなことがあったかはしらないが、僕はまあ、それだけのことは伝えたいと思ってね」

「何度もいいますけど、あたしにはもう関係はないんです」

そういいながら、康代の眼から、涙が溢れてきた。

「君の気持はよくわかったよ」

周りの人達の視線を感じて、私は煙草に火をつけた。

やがて康代はハンドバッグからハンケチを取り出すと、涙を拭き、それから丁寧に頭を下げて立ち上った。

「あたし帰ります」

「忙しいんですか」

「ええ……」

康代はハンケチを手に握ると、くるりと背を向けて歩きはじめた。

小柄な花模様のワンピースがゆっくりとドアの方へ去っていく、細く括《くび》れたウエストから拡がった骨盤へ、花模様が左右へ揺れていく。

その後姿を見送りながら、私はその花模様が、少しずつ右へ曲り、鉢植えの観葉植物にぶつかりそうになって立ち止り、またドアへ向かって去っていくのを見届けた。

医師求む

一

「おたくの内科の室井先生はおかしいんじゃないでしょうか」という投書がK町町立病院の院長のところに届いたのは、四月の初めであった。

投書の内容は次のようなものである。

〈わたしは二カ月前、風邪にかかって、おたくの病院の内科にいって、室井先生に診ていただきました。熱は少しあるけど、扁桃腺が腫れているだけで、心配はない、といわれ、注射をされたあと、白い粉の薬と、赤黄青など小さな顆粒《かりゅう》が沢山つまったカプセルのお薬をいただきました。

それを服《の》んで二日ほど休んでいると、なんとか風邪のほうはおさまったのです。

ところがその一カ月あと、今度は下痢《げり》になって、また室井先生に診ていただいたのですが、先生は軽い食当りだろう、といわれて、やはり注射をして、お薬をくださいました。

でもよくみると、そのお薬が、風邪のときにいただいたのと、まったく同じ、白い粉末と顆粒のつまったカプセルなのです。

わたしは家に帰って前に風邪のときに残しておいた薬と見較べてみたのですが、やはり同じなのです。

忙しくて先生が処方を間違われたのかと思って、次の日、病院に行ったときにきいてみたのです。

すると先生は一瞬、奇妙な顔をされ、それから急に慌てたように、

「それは風邪にも下痢にも、効く薬だから大丈夫です」と仰言《おつしや》られたのです。

でも本当なのか、ともかく先生がそう仰言るのだから、そうだと思ったのですが、でもなんとなく服む気がせず、そのうちにお腹のほうも治ってしまいました。

ところがこの前、わたしが、この話をお友達にすると、そのお友達もやはり同じ薬をもらっているのです。しかもその病名は胃下垂なのです。

わたし達は薬をもち寄って、較べてみたのですが、やっぱり同じでした。

病気はそれぞれに、似かよっているところがあるのかもしれませんが、風邪と下痢と胃下垂と三つの病気に、薬がみな同じということは、どういうことでしょうか。実際にそんなことがあるのでしょうか。

その他にも、室井先生は診察のとき、長い間、聴診器をお腹の上に当てていたり、風邪だというのに、膝の下を叩く脚気のテストをしてみたりなさるのです。一体あんなことが、風邪の診断に役立つのでしょうか。それに聴診器というのは、胸と背中に当てるものでしょう。友達も胃下垂だというのに、聴診器を当てられたといっていました。

別に室井先生を疑うわけではありませんが、でもこんなことをされると、なんとなく信用できないような気持になってしまいます。

もちろん先生は、優しく、親切で、いい方ですが、でもやはりときどきおかしいような気もするのです。

こんなこと、室井先生に直接いえませんが、院長先生はどんなふうにお考えでしょうか。匿名ですから返事はいりませんが、なんとなく気になって、お伝えしたような次第です。

院長先生　〉

手紙は女性らしい右肩上りの字で、達筆ではないが、丁寧に書かれている。町の女学生か、あるいはＯＬのようである。

読み終った院長は、三枚の便箋を折りたたむと、電話で事務長を呼んだ。

院内はダイヤルの一ケタを廻すだけで、通じるようになっている。

やがて現われた事務長に、院長はその手紙をつき出した。

「こんな手紙がきたが、君はどう思うかね」

事務長は五年前に、町役場の福祉課長からこの病院にまわされてきたのである。田舎でのんびりした人が多いなかでも、この事務長はとくにのんびりしている。

院長から手紙を受けとると、まず老眼鏡をかけ、それからゆっくり読みはじめる。

小肥りで、ちょび髭を生やした院長は、回転椅子を廻して、春陽の明るい窓を見ている。

「なるほど……」

事務長がうなずくと、院長は待っていたように回転椅子を戻した。

「どうかね？」

「はあ」

事務長は一旦うなずき、手紙をたたんでから、

「わたくしには、専門的なことはよくわかりませんが、しかし風邪と下痢と薬が同じということがあるものでしょうか」

「それはないわけではないが……」

「赤と青と黄の顆粒というと、なんでしょう？」

「ビタミン剤じゃないかな」

「それを風邪や下痢に出してもよろしいんですか」

「まあ毒ではないがね……」

院長はわからん、というように、短い首を左右に二度振った。

「じゃあ間違ったのでしょうか」

「どうかな、とにかくこの女性のカルテを探してもらおうか」

「でもこれだけでは、名前がわかりませんから」

「若い女の子で、最近、風邪と下痢で通ってきた子、というのだから、大体見当がつくだろう」

「それなら出るかもしれません」

そういうと、事務長はもう一度、手紙を見てから、

「お腹に聴診器を当てる、と書いてありますが、これはどうなんでしょう?」

「まあ、僕は専門は内科でないから、よくはわからんがね」

院長はそこで煙草にマッチで火をつけた。院長の専門は外科であった。

「腸の動きやなにかを調べるのに、当てることがないわけじゃないだろうが……」

「胃下垂の子にも、やっていると書いてありますが」

「うん……」

「脚気のテストってのは、例の膝の皿骨の下を叩いて、足がぽんと上るやつですね」

「なにごとも、調べるためなら、やって悪いということはないがね」

「悪いことはないが、それほどやる必要もないと……」

「まあね」

院長も、どことなく釈然としないらしい。事務長は考えるときの癖の、眼を宙に向けて、

「とにかく、室井先生は少し変っている方ですから」

「やっぱりそうかね」

院長は煙草を持ったまま、自分の体の三倍はある大きなテーブルに身をのり出した。

「こちらに見えたときから、なんとなく控え目で、給料などこうなっています、と説明しても、どうぞそちらで適当にやってくださいということで」

「君より呑気《のんき》なのかね」

「というのか、あまりそういうことには関心がないのか、これは内科の看護婦からきいたのですが、朝は大抵看護婦達より早くきて、いつも外来で難しい洋書を読んでおられるそうです。そして看護婦がくると、先生の方から、〝お早うございます〟と仰言ったり、診察中も患者さんに椅子をすすめられたり、すごく腰の低い方で……」

院長は自分とは反対のことをいわれたせいか、黙っていた。

「とにかく親切で、患者が話し出すと何分間でも相手になっているそうです」

「それでいつも、内科の前は患者であふれているのか」

「それだけでもないでしょうが、この前、出張で東京へ出かけられましたけど、帰りに甘太郎の羊羹《ようかん》を沢山買ってきて、それを一本ずつ、入院患者に分けてあげたそうです」

「患者に土産かね」

「そのつもりなのでしょうが、患者達は大変喜んで……」

「それは喜ぶだろう」

患者どころか、事務員にさえお土産を買ってきたことのない院長は、口をへの字に曲げて煙草を喫い続けた。

「とにかく親切なことは親切で、当直のときの往診は、どんな深夜でも、いやといったことはないそうです」

院長は相変らず不機嫌そうに黙りこんでいたが、ふとそれに気がついた事務長は、慌てて取りなすように、

「しかし、いくら親切でも、お医者さんが患者に、お土産まで買ってくる必要はありませんねえ」

「まあいい、とにかくカルテが出たら持ってきてくれ」

院長はそういうと、煙草を咥《くわ》えたまま、またくるりと回転椅子を窓のほうへ向けた。

二

内科の室井医長が、このK町の町立病院にきたのは、いまから五カ月前の、十一月の末である。

大体、このK町は日本のチベットといわれる岩手県の山峡にあり、鉄道は一日四往復という支線が入っているが、これが全国でも有名な赤字路線である。

毎年、その存廃が中央で問題になるが、その都度、地元の強い要望で辛うじて残されている。

この頼りない鉄道とほぼ平行して走っている国道が、いまやこの町と本線の町を結ぶ主要なパイプだが、毎年冬の期間、一度か二度は必ず大雪に降りこめられ、交通が遮断される。

この国道が止められては、町は完全な陸の孤島になってしまう。

去年は二月の初めから一週間、道が遮《とざ》されて、自衛隊のヘリコプターで野菜を空輸してもらって急場を凌《しの》いだ。

K町はかつては木材と近くに金鉱があったことで、人口は二万近くあったのだが、金鉱の閉山と、それに次ぐ過疎化の波で、いまは五千人にまで減ってしまった。しかも若者はみな都会に出て、人口の三割が五十歳以上という老人の町でもある。

こんなところだから、町立病院といっても、なかなか医者がきてくれない。

かつて人口二万のときには、内科、外科、小児科、産婦人科、歯科と、各科合計七名もいた医者が、いまは院長一人と、内科の医者一人の二人しかいない。

しかも内科の医者は、定住しているわけでなく、県の大学病院から、三カ月交替できていたのが、それも去年の春で打切られてしまった。

冬はしばしば陸の孤島になり、半年間は雪で埋もれる僻地《へきち》へ、若い医者は行きたがらない。

しかし医者がこないといっても、現実に五千人の人が住んでいるのだから、手を拱《こまぬ》いているわけにはいかない。

町立病院の他には、もう七十歳に近い老開業医が一軒あるが、それではとても捌きれない。

慌てた町役場と院長は、大学にお百度参りして、医師の派遣方を頼んだが、やはり行くという医者は現われない。

かつては教授さえ、納得してくれれば、あとは教授命令で、若い医者をどこにでも廻せたものだが、医局も民主化された昨今では、教授といえども強制するわけにいかない。

若い医師に打診して、〝いやだ〟といわれたらそれまでである。

大学病院から拒否されて、切羽つまった院長は、「医事新報」というお医者さん向けの雑誌に求人広告を出してみた。

だがこれで半年待っても効果がない。

万策尽きた院長は、いささかやけっぱちになって、去年の秋、一般新聞に広告を出すことにした。

県内だけでは狭すぎるから、全国紙の東京以北の版に掲載することで、文案は院長が苦心の末、次のようにつくった。

〈至急、内科医長求む。岩手県K町町立病院。月、四十万以上、住宅有り、旅費支給、他に諸手当、特別手当年二回、経歴に応じて加算、委細面談、御一報賜わり度し〉

新聞に医師の広告を出すのは、なんともみっともない。病院の沽券《こけん》にもかかわるが、この際いたしかたない。

院長は初めから、この広告にはあまり期待を抱いていなかった。

医者は求人も求職も、ほとんどが大学病院をとおしてで、フリーで職を求めて歩く医者はあまりいない。まして新聞を読んでK町のような山奥までくる者はまずいない。駄目だろうと諦めていたが、一カ月後にひょっこり、一人の医師から便りがあった。その差出人がいまの室井医長である。

最初の手紙は、なかなかの達筆で次のように書かれていた。

〈前略、突然お便り致します。十一月五日付毎朝新聞にて、貴院で内科医を求めていることを知りました。

小生現在、東京に住んでおりますが、都会の騒音公害に辟易いたし、機会あれば田舎の清浄なところに住みたいと願っておりました。たまたま新聞で御地を知り、地図を見て調べましたところ、都会とはくらべものにならぬ静かな田園都市と知り、是非御地に移りたく、お便りするような次第です。給与、諸条件なども、大体小生の希望と一致するかと存じます。なお詳細につき、御一報いただきたく存じます。

なお小生、現在三十八歳、東都大学医学部卒、内科医経験十三年であります。以上よろしく御勘案のほど、お返事お待ちいたします〉

この手紙をみて、院長は思わずつぶやいた。

「しめた……」

こんな田舎に自ら望んでくるというのである。しかも医学校としても一流の東都大学の医学部を出て、臨床経験十三年の三十八歳の医師だという。若からず、老けすぎず、医長にはまさに、うってつけである。

もっとも何歳の医師がきても、内科医は一人なのだから、内科医長になることは間違いないのだが。

院長は早速、折り返し手紙を書いた。

丁重に、折角こちらに向いている気持を損わないように、とにかくこんな僻地に医者を呼ぶのは、海のないところに船を呼ぶようなものである。

この医師を逃しては、もう二度と現われるとは思えない。給与も、十三年も経験があるなら、さらに五万円は上乗せし、学位があれば学位手当も出す。そのうえ、当座の旅費として別便で十万円を送る旨を書いた。

もっともこの送金については、院長も多少の危惧がなかったわけではない。よく医師のなかには求人広告を見て、旅費だけを送らせドロンする不良医師がいる。以前に院長はこれにひっかかって、こりたことがある。

だがいまはそんなことをいっているときではない。手紙の文面や文字からみても、この男なら信用できそうである。

この見当はやはり間違っていなかった。

送金すると、すぐ折り返して、五日後にそちらに着く、なお荷物も同時にチッキで送った旨の連絡があった。

こうなればもうしめたものである。

これでようやく、院長兼外科医、兼内科医、小児科医、眼科医、その他もろもろの雑役から救われ、町役場にも顔が立つ。それ以上に、五千人の住民が救われる。

それでも院長は、実際に逢ってみるまではまだ不安であった。

東京から来たのはいいが、ひどい田舎なのを知って逃げ出すのではないか、逃げ出さないまでも、あれこれ条件の面で難題をもち出すのではないか。田舎の院長の心配は絶えない。

だが案ずるより産むが易し、室井医師にはそんな危惧はまったくなかった。

K町に着いて、院長がわざわざ出迎えに行くと、一八〇センチ近い上背のある、目鼻立ちも整った美男子である。着ているものも、グレイの背広に同色のネクタイをつけ、淡い霜降りのコートを着て、好みもなかなか渋い。

K町のような田舎町に、こんな紳士はいない。

しかも人当りもやわらかく、礼儀正しい。

「室井です。いたらぬ者ですが、よろしく御指導下さい」と謙虚である。

「遠路はるばるご苦労さん。すごい田舎町で驚いたでしょう」

院長がいうと、

「いえいえ、こういう静かな、空気のいいところに住むのが私の長年の願いでした。いまはもう東京へ戻る気はありません」

と嬉《うれ》しいことをいってくれる。

三十八だというが、年齢よりは二、三歳老けて見える。

左右の鬢《びん》にはいくぶん白髪があり、笑うと目尻に皺が寄るが、それがまた人懐こさを誘う。

とにかくこれくらいの年齢が、医師として脂ののりきった、一番いい年頃である。

「先生は東京では、どこかにお勤めでしたか」

「下町の病院にいたのですが、都会は人間関係がわずらわしくて、半年前から止めて休養していたのです。とにかくここに来られてほっとしました」

室井医師はそういって、旨《うま》そうに空気を吸った。

「人口五千人に、七十歳の開業医を含めても、先生と私と三人ですから、かなり忙しいかと思いますが、よろしく頼みますよ」

院長は着任早々の室井医師がおおいに気にいった。

翌日、早々に町役場から「K町町立病院内科医長に命ず」という辞令がでて、室井医長は、病院左手の四ＤＫの医師公宅に住むことになった。

だが室井医長は単身赴任である。

「子供は息子一人と娘一人ですが、上が中学校に入ったばかり、下は来年中学校なので、当分のあいだ妻と一緒に、東京におくことにしました」

地方に医者がきたがらない理由の一つには、この子供の教育の問題がある。とくに子供が中学以上になると、なかなか転校させにくい。

「じゃあ別居で」

「まあ、そういうことです」

院長はますます恐縮してしまった。

室井医長が三十八だから、妻は多分三十二、三か、子供の教育のためとはいえ、この年代で別れ別れに住むのは、いかにも残酷である。

だが同情していては、こちらの病院が成り立たない。

「済みませんなあ、月に一度は二、三日休暇をとられて結構ですから、お子さん達を見に東京へ戻ってください」

ここで辞められては大変である。院長はそんなことまでいって機嫌をとる。

ともかくこれで、外科の院長と、内科の室井医長が揃って、病院は町立病院としての最低の形だけはとり戻したのである。

三

着任以来の室井医師の評判は大変なものだった。

まずそのソフトな人当りが、患者に安心感を与えるうえに、外見もなかなかスマートである。

田舎で老人が多いので、病気はどうしても、高血圧、関節痛、腰痛といった、いわゆる老人病が多い。

正直いって、こういうのは医者にとって、あまり面白い病気ではない。これらは医学的に特に目新しいわけでもなく、治療をしてもあまり変り映えしない、いわゆる慢性病である。

大抵の医者は、こういう患者さんの扱いはどうしても粗略になる。

「先生、今度は項《うなじ》から背中のあたりが、ちょっと痛くて……」などといっても、「また寝違えでもしたんだろう、少し休んでりゃ治るよ」といった具合である。

患者の話をよくきかないのは悪いが、毎度のことなので、ついついぞんざいになってしまうのである。

実際、これらの老人の話をまともに聞いていると、診察時間は何時間あっても足りない。

とにかく老人は話しだすと長い。ぎっくり腰一つを説明するにも、その痛みが漬物石を持ち上げたときに出て、その石が何年前にどこの河原で拾ったもので、そのとき隣りに何個分けてやり、自分がそんな石を持ち上げるのも嫁が漬物をできないからで、その嫁はどこの村から来た娘で、実家のしつけがどうで、といったことまで無限に拡がっていく。

治療に必要な、腰の痛みはいつから、どうして、そしていまはどうか、といった肝腎のことに、なかなかゆきつかない。

院長なら、こんな患者は初めから相手にせず、

「婆《ばあ》さん、もうわかったから、注射してやっから腎《けつ》出せ」といって打ち切る。

去年まで大学病院からきていた医師達も大体そうだった。

だが室井医師はまるで違う。

「そうですか」「それは大変でしたね」と、うなずき、相槌《あいづち》を打ちながら、親身になってきいてやる。

いままで医者にまともに相手にされなかっただけに、老人は嬉しくなってますます話しこむ。

こんなことをしていては、一人の患者に時間がかかりすぎて、診察は一向にすすまない。

しかも診察がまた、滅法丁寧である。腰が痛いという患者にまで、いちいち脈をとり、胸の打診から聴診までする。ときには血圧まで測ってやる。

懇切丁寧とはこのことだが、これでは看護婦達がやり切れない。

初めの一カ月はなんとか黙っていたが、毎日昼食が一時を過ぎるので、たまりかねて看護婦が文句をいった。

「先生、もう少し早く診ていただけないでしょうか、うしろで待っている患者さん達も大変ですから」

室井医長はなにをいわれても、声を荒らげて怒ることはない。うなずいてから、

「しかし患者さんの話をきいてあげるのも、一つの治療です。なるたけ早くはやります

が、あなた達も患者さんの身になって辛抱してください」

こういわれては看護婦も、それ以上いえない。

たしかに室井医長に、ゆっくり話をきいてもらって、すっきりしたという患者さんはかなりいる。

とくに目新しい注射や薬をつかったわけでもないのに、「おかげで快《よ》くなりました」と老人達は頭を下げる。

「近頃、珍しく親切で、いい先生だ」と評判である。

なかには「先生は神様です。ちょっとお袖に触らせてください」などといって、室井医長の袖に触れて涙を流していく老婆もいる。

狭い町だから、噂はたちまち町中に拡がる。

いままでは町に一つの公立病院といっても、午後はほとんど患者がなく、閑散としていたのが、内科だけは午後も患者がひしめいている。

朝の九時から夕方の五時まで、昼休みの一時間を除いて、室井医長は働きづめである。

さらに当直の夜には、電話で「今日は室井先生ですか」ととき質《ただ》し、そうとわかると夜まで患者が詰めかける。

「まったく大変な人気ですなあ、まだいらして三カ月だというのに、朝から廊下に患者があふれていますよ」

事務長は朝の日誌を回覧がてらに院長につぶやく。

「しかし、本当にいい先生がきてくださったものですね」

「うん……」

院長は例のちょび髭をいじりながら、納得したような、しないようなうなずき方をする。

ようやく見付けた医者が評判がよく、病院が繁盛するのは嬉しいが、おかげで院長のほうは、すっかり影が薄くなってしまった。

それどころか、万事に室井医長と比較されて、同じ医者でもずいぶん違うと、噂されているらしい。

こうなると、院長としても嬉しいような困ったような、複雑な気持である。

「この分なら、病院も久しぶりに黒字になるかもしれませんね」

町立病院は形の上では、一応独立採算制だが、もう十年来、赤字続きである。赤字が普通のことになって毎年、町財政から補ってもらっている。

それが室井医長一人の働きで、黒字に変るかもしれないというのである。

「少しボーナスでもはずんでは、いかがでしょう」

「うん……」

院長は自分の働きで黒字になるのでないところが、いささか不満だが、それにケチをつける理由もない。

「しかも真面目で、酒や遊ぶほうもあまり関心がないようですなあ」

酒好きで好色の院長には、いささか耳が痛い話である。

「歓迎会のときには、盃に二、三杯飲んでいらしたようですが、あまりお好きじゃないようですね」

「それより、あちらのほうはどうしとるんだ」

院長はそっと短い小指をつき出した。

「それですが、先月も週末に東京にお帰りになったようですが、あの体格ですから、なんでも内科の今野看護婦と怪しいとかいう噂もあるんですが、どうも先生のほうが、さっぱりのってこないようで……」

「あれは色っぽいのに、もったいないな」

院長は残念そうな顔をする。

医者と看護婦と関係ができることは、あまり好ましいことではないが、それでいい医者が町に居つくことになれば、満更反対もできない。

「とにかく、最近では室井先生の噂をきいて、J村やS町からまで、患者がきますからね。驚きました」

院長は答えず、煙草をくゆらせている。

「まったくいい先生がいたもので、そういっちゃ失礼ですが、掘出しものですね」

「うん……」

そう何度もいわれては、さすがに院長もうなずかざるをえない。

四

事務長が問題の女の子のらしいカルテを探し出してきたのは、院長に投書がきてから三日あとのことだった。

「これあたりじゃないかと思うのですが」

事務長が持ってきたカルテの名前は「相田品子」となっている。年齢は十七歳、職業は学生である。

「ずいぶん変っているな」

院長はカルテを見ながら、首をひねった。

たしかに左上の病名欄には、最初の二月に「感冒」となっており、一カ月あとの三月に「下痢」となっているが、肝腎の症状を書く欄には、ほとんどなにも書いてない。〈熱、三十七・三度、咳〉とだけあり、次の頁には〈下痢〉と二字だけ書かれている。

いずれも漢字で、あとは白い空欄になっている。

普通のカルテの症状欄には、ほとんどの医者は横文字で書く。戦後十年ぐらいまではドイツ語が主だったが、最近は英語が多くなった。

医者が症状を横文字で書くのは、患者に内容を知られない要心からだといわれている。癌を隠しているとき、日本語だと読まれて簡単にわかってしまうからである。

この理屈からいえば、病名のところも本来は横文字で書くべきである。症状を隠しても病名がばれては意味がない。

だが最近の病名欄は、健康保険の請求のとき、事務員も読めるように、日本語で書く場合が多くなった。それでも隠さなければならないときは、癌（CARCINOMA）の頭文字だけとって、ＣＡと書いたりすることがある。

いずれにせよ最近は、ドイツ語やラテン語で書く場合は少なくなったが、それにしても、病名から症状まで、すべて日本語というのは珍しい。

「室井先生は横文字はあまりつかわんのかね」

院長がきくと、事務長は待っていましたとばかり、

「毎朝、洋書を読んでおられるほどですから、ぺらぺらなんでしょうが、カルテに横文字を書くことはお嫌いなんだそうです。アメリカでは英語で書くんだから、日本人が日本語で書いておかしいわけはない。それが一番正確だし、無理に患者さんに隠す必要はない、というお考えのようです」

「なるほど」

それも一理あるが、それにしては日本語が少ない。下痢のときは、下痢の一言だけで、はたして足りるのか。

院長は不思議に思いながら、「処置、投薬」の項目を見た。

「やっぱりビタミン剤だな」

風邪のときと下痢のときと、両方に出ている顆粒状の薬というのは、最近P製薬で開発した活性ビタミン剤である。

一日、一五〇ミリと、かなりの大量である。

「おかしいですか」

「まあビタミン剤というのは、なんの病気に服んでも悪いということはないが、しかし風邪や下痢に同じように使うというのは、ちょっとわからんね」

「看護婦の話では、室井医長はビタミン剤とブドウ糖の注射が大好きで、なにかというと、すぐこの二つを使われるそうです」

「この子にも、ブドウ糖を注射しているな」

院長は考えこんだ。

ブドウ糖とはいっても、内容は注射液のなかに、ただ糖が入っているだけである。食事もとれない重病人ならいざ知らず、健康な人なら、そんな注射をしてもらうより、砂糖水の一杯でも飲んだほうが、はるかに効き目がある。少なくとも、それが風邪や下痢に、ことさらに効果があるとは思えない。

「わからんな」

院長は短い首を捻《ひね》った。

「ちょっと内科の看護婦を呼んでくれないか。看護婦に様子をきいてみよう」

事務長に呼ばれてきたのは、内科の主任の菅原という看護婦だった。もうこの病院に十年もいる、ベテランである。

「お呼びでしょうか」

診察の途中に呼ばれて、菅原看護婦は怪訝《けげん》そうである。

「少しききたいんだが、この患者は風邪のときも、下痢のときもビタミン剤とブドウ糖の注射をしているが、室井先生はいつもこうなのかね」

「そうなんです」

菅原看護婦は待っていたようにうなずいた。

「あの先生、少し変っているんです」

「どういうところがかね」

「なにかというと、すぐブドウ糖とビタミン剤ですし、この前は肝臓の調子が悪いという人にクロマイを出したのです」

一般にクロマイのような抗生物質は、肝臓には一種の毒でむしろ負担になるとされている。

「わたし失礼だと思ったんですが、肝臓にクロマイはよくないんじゃありませんか、といったら、慌てて、替りに熱さましを出されたのです」

「それもおかしい」

「患者さんが少し熱っぽい、といったせいかもしれませんが、ときどきおかしいんです」

「他にもまだあるのか」

「血圧の高い人にお酒を飲んでいい、といったり、心臓の悪い人に、お風呂をすすめたりするんです」

それが医学的に絶対いけないというわけではないが、一般には悪いとされている。

「カルテは日本語で、これぐらいしか書いてないが、他のカルテもこうかな?」

「横文字が大嫌いとかって、あまりお使いにならないんです」

「それでもたまに使うのかね」

「クランケ（患者）とか、プルス（脈）といったことは仰言いますが、他はほとんど……」

「しかしもう少し詳しく書かなければ、症状を忘れてしまうだろう」

「患者さんの話を、熱心にきいているから、書く必要はないと仰言っています」

「それはそうかもしれんが」

院長は腕を組んで天井を見た。菅原看護婦はそのまま立っていたが、やがて思い出したように、

「あの先生、本当に東都大学をお出になったのでしょうか」

「どうしてだ」

「わたしのお友達ですけど、丁度十二、三年前に、東都大学の看護学校にいた人がいるのです。その人に東都大学を出た先生がいるという話をしたら、懐かしがって、いろいろ探してくれたのです」

「なるほど」

「当時は医学部の学生と、よくダンスなどに行って、大抵、知っていたらしいのですが、学部の名簿を見ても室井さんという学生さんは、いないというのです」

「まさか、先生はたしかに東都大学を出たといっているのだからね」

事務長は少しむっとして答えた。

「もちろんそうでしょうけど、卒業年度が違うのでしょうか」

「君は、あの先生を疑っているのかね」

「そんなつもりはありませんが、でも、東都大学のような名門を出た先生が、こんな田舎までくるでしょうか」

「きみ、失礼なこといっちゃいかんよ」

「待て」

そのとき院長が口をはさんだ。

「事務長、室井先生の医師免許証はどうしたかな」

「東京の家のほうに置いてあるとかって……」

「まだ持ってこないのか」

「この前もお願いしたんですが、忘れてきたということで」

「早く見せてもらわなくては、いかん」

「でも、立派なお医者さんであることは、はっきりしていることですし、あまりくどくいうのも失礼かと思いまして」

「失礼だろうが、採用する以上は、それを見せてもらうのが建前だろう」

「済みません」

事務長はうなずいたが、ふと気がついたように、

「もしかして、先生も疑っているのですか」

「そんなわけじゃないが、事務的なことは、はっきりしておかなくてはいかん。いますぐ本人に逢って頼んでみたまえ。それから東都大学に電話をして、室井先生が在籍していたか、たしかめるんだ」

た。

「はいっ」

スローモーな事務長には珍しく大声で返事をすると、挨拶もせず、院長室をとびだした。

五

東都大学医学部の学生課から、事務長宛に返事があったのは、その日の夕方であった。

事務長はそれを聞くと、真蒼《まつさお》になって院長室へとび込んできた。

「先生、ありません、ありませんでした」

「なにがないんだ」

院長は窓枠に足をあげて週刊誌を読んでいるところだった。

「東都大学に室井先生のお名前がありません」

「やっぱり」

「室井という学生さんは、十五年前の三十五年卒に一人いるそうですが、その方はいま東京の下町で開業されていて、他にはいないそうです」

「本当にそういったのだな」

「間違いありません、どうしましょう」

話しながら事務長の唇は小刻みに震えている。

「それで、室井先生に免許証のことはいったのか」

「いいましたが、にっこり笑われて、明後日まで待ってくださいと」

「明後日？」

「すぐ速達で送らせますと、いうのです」

「………」

「一体、どっちが本当なのでしょう」

そうきかれても院長にもわからない。ともかく大学はどこであろうと、医師免許証さえもっていれば問題はない。

地方の、なにかあまり名のない大学を出たので、羞かしくてつい東都大学を出た、といったのかもしれない。

それなら問題はないのだが、カルテや看護婦達のいうことから考えると、もしかしてにせ医者かもしれない。

「どうしましょう」

「明後日免許証が届くというのなら、それまで、待つより仕方がないだろう」

「しかし、まさか……」

事務長はそこまでいって、頭を抱えこんだ。

たしかに、あんな人気のある医師がにせ医者とは思えないが、もしそうだとしたら……。

それを考えるだけで、事務長は気が狂いそうになる。

院長はもちろん、このことは誰にも内緒にしておくんだ」

「とにかく、このことは誰にも内緒にしておくんだ」

本当の医者なのに、疑ったことがわかっては、これまた、室井医長に謝るぐらいでは済まされない。

「わかったな」

「はい」

二人はまるで隠密《おんみつ》のように眼だけで、うなずいた。

翌日、事務長はなに気なく、室井医長の様子を探ったが、とくに変ったところはなかった。

例のごとく朝は九時丁度から診察をはじめ、五時までほとんど休みなしである。診察室も廊下も患者であふれ、相変らず親切である。

ただ一つ変ったことといえば、昼休みに事務室にきて、十分ほど雑談をしていったことである。

これまで室井医長は昼食のときは、医局でとらず病院食堂にきて、一人で黙々と食べ、終るとすぐ外来に引き返す。その間も仕事のこと以外で病院の職員達と話すことはほとんどなかった。

まして用事もないのに、自分から事務室に入ってくるようなことはなかったのだから、これは異例のことだった。

しかも何気なく雑談しているうちに、ふと、「今晩、あなたの車を貸してもらえませんか」といい出した。

事務長は二年前に、中古の小型車を買って休みの日など、ときどき乗り廻している。

「ボロですが、いいんですか」

「あれなら立派なものです。実は今晩、隣り村のSさんのところへ遊びにこないかと誘われているのですが、遅くなるとバスの便がなくてどうしようかと思っていたのです」

「それなら、ぜひ私のをつかってください、隣り村くらいまでなら、あのオンボロでも大丈夫です」

室井医長を慕って、近在の村からかなりの患者がきているのだから、招待されるのは無理もない。

事務長は自分の車を借りられるのを、むしろ光栄に思って、家までわざわざ車をとりに行って、医長に車とキイを渡した。

「あの先生が、車を運転できるとは、知りませんでした」

翌朝、事務長が朝の挨拶のあと、院長に話していると、内科の菅原看護婦が、あわただしく、ドアをノックして駆けこんできた。

「室井先生、いなくなりました」

「いない？」

「十時になってもお見えにならないので、いまお宅に行ってみたのです。そうしたらドアに鍵もかけず、なかにこんな紙が……」

看護婦は一枚の便箋を二人の前に差し出した。

〈いろいろお世話になりました。このあたりが年貢の納めどき。失礼します。

病院御一同さま　　室井〉

と例の達筆で書かれている。

院長と事務長は紙片を見たまま、しばらく口もきけない。やがて院長はぽつりと、

「逃げたな」

「わたしの車はどうなるのでしょう」

「とにかく警察に連絡しろ」

もはや診察どころではない。

〈室井医長、急用につき本日休診〉の貼紙を出して、廊下まであふれた患者を帰すと、

病院は喪に服したようにひっそりして、警察の調べを受けた。

事務長のボロ車が見付かったのは、それから二日後の夕方だった。場所はK町から車で二時間の、本線のある町の駅の駐車場である。

室井はそこで車を乗り捨てて、鉄道で逃げたらしい。

室井の身許が正式に割れたのは、それからさらに三日あとだった。

それによると本名は安川秀一、年齢は自分でいったとおり三十八歳だが住所は不定、もちろん大学は出ていないし、妻子もいない。

暴行、窃盗など前科五犯で、都合三年間ほど刑務所にいたこともあるらしい。

ただ五年前に一度、東京の下町の病院で、レントゲン技師見習として、勤めたことがあるが、そこが室井病院である。

今度、にせ医者になったのは、そのときの経験を生かしたらしい。

院内も町も、この一週間、その話でもちきりだった。

患者達も病室や廊下の片隅で、ひそひそ話をしている。

「こんなものができました」

一週間目の朝、事務長は院長室に白い巻紙を持って現われた。

「患者の代表が持ってきたのです」

巻紙を開くと、冒頭に墨字で、「嘆願書」と書かれ、以下、

〈われわれ内科患者一同は、名医、室井先生の一日も早い復帰を祈り、ここに病院、町をあげて、先生を捜索、再び本町に戻られるよう、全力をつくすことを希望します〉

と書かれている。

院長は嘆願書を一目見ただけで、すぐ興味なさそうにテーブルに戻した。

「馬鹿なことをいっとる」

「そうでしょうか」

「いくら患者が希望したからといって、にせ医者を使うわけにはいかんだろう」

「はあ……」

事務長はうなずいたが、また思いなおしたように、

「しかし、あの先生が本当に、にせ医者だったのでしょうか」

「顔から指紋まで、同じだというから、人違いのわけはないだろう」

院長は不機嫌なときのくせで、しきりに貧乏揺すりをした。

「でも、あれだけ患者に人気があった方ですから」

「俺は初めから怪しいと思っていたのだ」

いまになって、そんなことをいっても、あとのまつりである。

「しかし、これはどうしましょう」

「そんなものは、つき返してしまえ」

事務長はのろのろした仕草で、巻紙を丸めたが、また思い出したように、

「いま、どこにいらっしゃるのでしょうか」

「どこにいたところで、にせ医者はにせ医者だ」

「でも、あの先生のおかげで、何人もの人が治ったのですから」

「そんなのは一時的なものだ」

院長は吐き捨てるようにいうが、事務長は車を盗まれたのも忘れて、

「しかし立派な先生でしたねえ」

「………」

「もう二度と、あんない先生はこないでしょうなあ」

事務長は長い顔を一層長くして、ようやく芽吹きはじめた四月の明るい山並みへ目を向けた。

書かれざる脳

一

明方《あけがた》、寝覚めに、鶴川教授はいやな夢を見た。

白いタイル張りの、妙に明るい解剖室で、教授自身が仰向けに横たわっている。沢山の人が、解剖台の上の教授を見守っているのだが、誰もなにもいわない。きこえてくるのは、軽く開かれた蛇口から洩れてくるらしい水の音と、メスと骨が触れあう、乾いた音だけである。

時間はまだ陽の高い昼前なのか、あるいは夜なのか、蛍光灯の青白い明りだけの地下の解剖室ではよくわからない。

教授は自分の体を触られている感触はわかるが、痛みも苦しさも感じない。ただ胸を切られ、背骨をはずされたときだけ、風が吹き抜けていくような感じがするが、それも一時で、痛みとは程遠い。

あたりは明るいはずなのに、どこかぼやけている。見ているつもりで、それがはっきりと映像として網膜にうつらない。

そのくせ、こんな光景を以前にどこかで見たような気がする。寒々と霜の降りた朝であったか、秋雨の降る午後であったか、たしかにどこかで見たはずだが、よく思い出せない。

これは間違いなく夢に違いない。夢だから特に気にすることはない。目が覚めれば、すべて夢として、消え去ってしまう。そう思いながら、まだ夢を見ている。

自分では心配ない、と思いながら、その夢に浸っている。

やがて、小刻みな震動音とともに、後頭部のあたりが揺れているように思うが、それも痛みはない。電気鋸《のこぎり》が、ゆっくりと頭のまわりを一回転していくらしい。

いま頭蓋骨が切られている、と教授はわかっている。自分の頭の周径が五が三つ続く五十五・五センチであることは、夢のなかでもはっきり覚えている。ついでに頭蓋の最大前後径が十八・七センチで、最大左右径が、十四・五センチで、やや縦長な形であることも知っている。

慎重に、驚くほど真面目な顔をして、電気鋸で骨を切っているのは、助手の逢坂《おうさか》である。度の強い眼鏡ごしに、ややとび出た眼が、まっすぐこちらを見ている。

「おい」

教授は呼びかけようとするが、逢坂は知らぬげに切っていく。どうやら逢坂が見ているのは教授でなく、電気鋸の先らしい。

やがて、ふと静寂が訪れ、それとともに後頭部のあたりが、急に涼しくなり、がぼっと、蓋が開いたような音がする。

明るい光のなかで、脳が露出されたらしい。

「ほう」と、一斉にのぞきこむ顔が見える。今度は逢坂の顔はなく、助教授の宮川や、去年、教室に入ったばかりの坂上の顔が浮き上ってくる。

教授はなんとなく、いやな気持がしている。「そんなふうに、見るもんじゃない」といおうとして口を噤《つぐ》む。それをいうと、自分の心を読みとられ、笑われるような不安がある。

まさかと思っていた瞬間が、たしかに訪れてくる。それをやるとしたら、彼だろうと思っていたとおり、逢坂のゴム手袋をはめた白い手が近づいてくる。お椀《わん》の蓋をあけたように、上半分がなくなった頭蓋骨のなかに、その白い手が徐々に侵入してくる。

それはなにやら、容器から白いプリンを取りだすのに似ている。手がすっぽりと頭のなかに入り込み、やがて低い音とともに、教授の脳は逢坂の手に移される。

突然、教授は、頭のなかがひどく軽くなったような感覚にとらわれる。いままで首を圧迫していた脳がなくなったのだから無理もないが、軽くなりすぎて頼りない。風に浮れて、このまま飛んでゆきそうな不安がある。

ふと見ると、いままで教授の頭のなかにあった脳は、すでに逢坂の掌に運ばれて、蛇口の横の秤《はかり》の上にのせられている。

いまはもう、教授のほうは誰も見ていない。見学者の視線は、すべて脳が載せられた、秤の目盛の一点に集中されている。

金属の秤の目盛は二、三度左右に揺れて、やがてとまる。

「一二一六グラム」

数字を読む声が、少し間延びして明るいタイルの解剖室に響き渡る。どういうわけか、その声だけが嗄《しわが》れた宮川助教授の声になっている。

「ほう」と一瞬、解剖室のなかに、驚きとも溜息ともつかぬ声が起り、それから改めて、みなの視線が、白く、まだ生温かさを保っている脳の表面に釘づけにされる。

「一二一六」

教授は脳のない頭のなかで、その数字の意味を考える。

どうしてそんな数字が現われたのか、夢にしては具体的すぎる。悪い冗談だと思いながら、教授はその数字を口のなかで繰り返す。

ふと気がつくと、いままで脳を見ていたはずの、見学者の視線が一斉にこちらを向いている。そのなかに宮川も逢坂もいるが、最前列に、どういうわけか、もう五年来逢っていない、同期の村岡の顔もある。

みななにもいわないが、教授の顔を見て静かにうなずいている。

教授はなにかひどく慌ててしまった。慌てたときのくせで、「東京、京都……」と、わけのないことをつぶやきながら、顔だけは無理につくり笑いを浮べている。

「一二一六グラムなんだって、ちょっと軽すぎるな」

教授は冗談のようにいいかけるが、村岡は申し訳ないような、とまどった表情で黙っている。

「俺はそんなことは知っていたんだよ」

そうもいってみるが、それにも誰も答えない。

みなはひどく困った表情で、脳のなくなった頭蓋骨を覗きこみ、一礼すると、あとは逃げるように解剖室を去っていく。

「わかっているよ、お前達があきれているのはよくわかるよ」

教授はそういうが、白衣の医者達はもう振り返ろうともしない。すると替りに妻が現われて、

「あんな人たち、放っといたほうがいいわ」

と淋しそうな声でささやく。

「優秀な人にだって、脳が軽かった人はいるでしょう。あなたはそのなかの不幸な一人なんだわ」

妻の声をききながら、教授は自分の眼が涙で濡《ぬ》れているのを知る。

「こんなことになると思っていたんだよ、とにかく俺の予感はよく当るからね、夢で一度、これと同じ光景を見たことがあるんだ」

教授は妻にささやくが、妻の顔はいつのまにか脳をとり出した逢坂の顔に変っている。どういうわけか、解剖室には教授と逢坂だけで、逢坂は窓ぎわに背を見せて立ち、その横のタイルの上に、摘《と》り出されたばかりの脳が転がっている。

ダリの、「とけた時計」を見るような情景のなかで、教授は一人になって、「これは夢だから心配することはない」と、しきりにつぶやいている。

二

夢から覚めたとき、鶴川教授はなんともいえぬ、いやあな気持に襲われた。

自分の脳を解剖されたという違和感とともに、なにか寒々とした白い光景を見てきたような淋しさが、頭にこびりついている。

教授は頭をとんとんと二度叩き、変りがないのをたしかめて横を見た。

枕元の置時計は六時を過ぎ、雨戸のあいだから、白い朝の光が洩れ、横で妻が小山のように、うずくまって眠っている。

舟底天井の中央の、プラスチックの白い明りおおいがぼんやりと浮き、左手には洋服簞笥と、和簞笥が並んでいる。

どこもなにも変っていない。

やがて新聞配達なのか、自転車のブレーキの音がして、小鳥の声がよぎる。

「一二一六か……」

鶴川教授はもう一度、夢の記憶をたどるようにつぶやいた。

朝とともに急速に目覚めていくなかで、その数字だけが、妙にはっきりと、頭にこびりついている。

これまで、教授が解剖して測った脳の重さのなかにも、そんな数字はなかった。

偶然とは思うが、夢のなかで、そんなふうにはっきり現われてきたことが不思議である。

いや不思議といえば、もう五年来逢っていない村岡がでてきたことも、逢坂が横に立っていながら、なにもいわなかったのも不思議である。

夢だから、多少辻褄《つじつま》の合わない部分があるのは当然だが、それにしても奇妙である。

だが、改めて考えてみると、自分の脳が解剖される夢を見るのは、必ずしも異常とはいえない。

「夢はすべての深層心理の代弁者である」という、フロイト説によれば、この夢は満更、出鱈目《でたらめ》ともいいきれない。日頃、自分で気にしていたことが、それなりに夢に表わされている。

この数年、教授が最も不安に思っていることは、死後自分の体が解剖され、脳を調べられることである。

教授は、帝都大学の医学部の解剖学の教授だから、過去に数えきれないほど解剖をしてきている。昨年までで調べてみると、二千二百体を解剖してきた計算になる。

それが鶴川教授の仕事なのだから、当然といえば当然だが、このごろ、教授は解剖することに気がすすまない。

といって、それが人道に反するとか、神を怖れぬ仕業であるとか、そんなだいそれた意味でいっているのではない。ただなんとなく、いやあな感じ、というのに近い。気重い感じ、とでもいうべきかもしれない。

若いころは、一日何体解剖しようと平気だったのに、このごろときどき気が滅入《めい》るのは、年齢のせいか、ずいぶんやってきたなあ、といった溜息が先に出る。

男も女も、若い人も老いた人も、知名の人も無名の人も、二千体もよく飽きもせず、体を切り開き、脳を見てきたものである。

その解剖所見の記録台帖だけで、積みあげると、十メートルの山が二つできる。特に興味のある脳だけとり出して、標本にしたのだけで、五百個をこす。ホルマリン液に脳を浸した標本ビンを、五百個並べただけで、十坪の研究室は、足のやり場もないほど一杯になってしまう。

若いうちは、そうして経験例を増やし、次々と新しい脳を調べていくのが楽しみだったが、このごろは、そんなふうに素直には楽しめない。

屍体からとり出した脳を、例によってピンセット物差しで、脳の襞《ひだ》の深さや幅を測っていると、ふと自分の脳はどうなのだろうという好奇心にとらわれる。

自分の脳も、これと同じかと思うと、なにやらほっとし、そしてもの足りない。みなと同じでよかったと思いながら、一方で自分のだけは、どこか一点違っていて欲しいという願いがある。

なかでも教授が一番気になることは、自分の脳の重さである。

これだけは、いかに脳の大家の教授でも、察知するわけにはいかない。

自分が死んで誰かに解剖され、脳をとり出されたときに初めてわかる。死なないことには永遠にわからない。他人の脳は飽きるほど見ていながら、肝腎の自分の脳だけは、重さをはかるどころか、見ることもかなわない。

自分の死後、この頭から脳をとり出し、調べるのは誰なのか。

順番からいえば、助教授の宮川のはずだが、今朝の夢では、どういうわけか、その下の助手の逢坂がやっていた。日頃、逢坂のほうが優秀だと思っていたせいか、宮川が登場したのは「一二一六グラム」という声だけだった。

あいつらは、この俺の脳を見るのか……。

かつて教授も、恩師の北岡博士が亡くなったとき、解剖して脳をとり出した。いまからもう、二十年も前になる。

北岡博士の脳は、たしか一二一五グラムで、それはいまも、脳研究室の「傑出人脳」の二段目の棚に保管されている。

「一二一五グラム」とわかったとき、解剖室には、やはり、驚きとも溜息ともつかぬ声が洩れた。

正直いって、一二一五グラムは、傑出人脳としては、かなり軽いほうだった。

帝都大学の解剖学教授として、現在の脳研究センターの基礎を築き、解剖学会の大御所として君臨した人だから、相当の重さの脳かと思ったが、それがみなの予想を裏切った。

事前、秘《ひそ》かに話し合われた予想でも、教授は一五〇〇グラム台といい、仲間の大方もその前後という意見が圧倒的だった。

秤でも狂っているのではないかと、目盛のゼロをたしかめて、もう一度測り直したが、結果は同じであった。

正直いってその瞬間、教授は裏切られたような、なあんだ、といった気持にとらわれたことは否めない。

いままで遠く、近寄りがたい存在に見えていた北岡博士が、ごく身近な、平凡な人に見えたのもそのときである。

「一般に傑出している人ほど、脳の重量は大である」

という、博士の提唱した説に従えば、この結果はいささか困ってしまう。博士の説を信じれば、博士はさほど傑出していない、ということになるし、博士が傑出している、ということになれば、博士の学説が、怪しいということになってしまう。

どちらをとりますか、ときけば、博士はもちろん、「学説にきまっとる。儂はごく平凡な男だったのだ、教授になれたのも、努力と運のおかげで、才能のせいではない」といわれるかもしれない。

実際、博士は努力の人であったのかもしれない。日本における脳研究の嚆矢《こうし》で、無数の脳をとり出して、その形態から重量、皺襞《しゅうへき》の幅から深さまで、根気よく調べていった。

解剖で脳を摘り出し、大脳の前頭葉、頭頂葉、後頭葉、側頭葉と、各部分を調べ終るには、最低一週間はかかる。そのあいだ、博士は脳と向かい合うと、ほとんど外にも出ず、食事も研究室でとるほど、その仕事にかかりきりだった。

その結果、傑出人とその脳重量との間に興味ある相関関係を発見はしたが、それは丹念な研究を積み重ねた末にできた、いわゆる統計資料で、きらめく才能の所産とは少し違う。

そういえば、博士が色紙に好んで書くのは「愚直の一念」という言葉であった。愚かといえども、その道一筋に徹すれば成される、そんな意味から、才能のない人達への優しい励まし、と思っていたが、いま考えてみると、それは自分自身への励ましであったのかもしれない。

その言葉の大切さを一番よく知っていたのは、博士自身であったのかもしれない。

だがそれにしても、博士が才能というより努力の人で、才走ることより、愚直の一念を愛していた、と気付いたのは、やはり博士の死後、脳重量が一二一五グラムと知ったのが、きっかけであったような気がする。

それまでは、いかに博士が、自分は凡人だといい、人間はとにかく努力が、といわれても、それは謙遜で、自分が違うから、そういうことを平気でいえるのだと思っていた。

鶴川教授が解剖学を志したころ、北岡博士はすでに医学界の巨頭で、教授達はひたすら下から見上げていたのだから、そう思ったのも無理はない。

自分達など及びもつかない偉大な先生が、自分とあまり違わない、一介の学徒に過ぎなかったのだと気がついたのは、やはり解剖のとき以来のような気がする。

まことに、解剖ほど、残酷な作業はない。

どんな傑出した政治家も、偉大な学者も、皮を剝ぎ、肉を開いてしまえば同じである。筋肉の色、骨のありかや、血管や神経の走り方など、一代の傑物も凡人も、巨万の富をもつ者も罪人も、変るところはない。

骨の大小や筋肉の強弱はあれ、肉体の構造で変るところはなにもない。

考えてみると、博士が、脳にとりつかれ、傑出脳の特徴を探しはじめたのは、この肉体の一律さに嫌気がさし、なにか新しいロマンを夢みたからなのかもしれない。

「いかに死ねば同じとはいえ、あれだけ偉大だった人が、どこか一カ所くらい凡人と違うはずである」

そんな期待から、脳を研究しはじめたのかもしれない。

だが幸か不幸か、その仕事が結果として、博士を平凡な人におとしめてしまった。博士ほどの大学者も、ごく平凡な脳の持主であることを証明することになってしまった。

むろん、それで博士の残した研究そのものが、軽視されるわけではない。業績と人物は別である。だが研究の結果を、博士の脳でさらに裏書きできなかったことは、いかにも残念である。

博士の脳が一二一五グラムと知ったとき、解剖室に洩れた驚きとも溜息ともつかぬ声は、その期待が大きかったことを現わしている。

誰も口にこそ出さなかったが、博士の脳の軽さに、ある種の失望と、やりきれなさを感じたのは、たしかである。

その残酷な瞬間が、巡り巡って、いまは鶴川教授自身に近づいてきている。

博士を解剖したときは、まだ自分が解剖されることなど、考えてもいなかった。まだまだ遠い先のことだと思っていた。

だが考えてみると、そんな先ではない。

北岡博士が亡くなったのは、六十一歳で、六十五歳の停年の四年前であった。狭心症で突然亡くなられたのだが、鶴川教授はすでにその年齢をこえている。

あと停年まで二年しかない。

解剖学の教授である以上、いずれ死ねば解剖されることは免れない。研究のためとはいえ、二千体以上もの屍体を解剖しておいて、自分は嫌だ、とはいえるわけもない。

医学徒が、死後自分の体を解剖に提供するのは、暗黙の了解である。とくに取決めはないが、それがつとめである。

かつて他人《ひと》ごとだと思った、恩師の解剖の情景が、今度は自分がされる立場として迫ってきている。

いかに寿命が延びたとはいえ、いずれ死ぬことにかわりはない。このあと停年で退官し、名誉教授になろうとも、いつか解剖されることは逃れようもない。

たとえ、「いやだ」と叫んだところで、死ねば声は出ない。

またあの仰々しい、院内告示のあと、弟子や同僚、後輩達、無数の医学徒の視線のなかで、教授は解剖台に横たわらなければならない。

今朝の夢はまさしく、教授が近年、心に抱き続けていた不安を現わしていた。

考え、気にやんでいたからこそ、それが夢に現われてきたのである。

どうして解剖学など志したのか、何故、脳の研究など引継いだのか、そんなことなどしなければ、死後解剖され、脳をとり出されることなど、なかったかもしれない。脳が軽いとわかって、同情されることなど、なかったかもしれない。

だが、それをいまになって悔いたところではじまらない。

若いとき、北岡博士の人柄と仕事に魅せられて、自ら好んでとびこんだのだから仕方がない。北岡博士の下で研究を重ねたから四十代で教授になり、博士が緒をつけた研究を完成し、解剖学会の重鎮になれたともいえる。

北岡博士あっての鶴川教授であり、鶴川あっての北岡である。二人で傑出人脳の研究は完成されたといってもいい。

いまや、博士に優《まさ》るとも劣らぬ大学者という評価まで得ていて、じたばたするのは見苦しい。

「落着くことだ」

夢の侘《わび》しさの残る頭のなかで、教授は静かに自分を叱ってみる。

三

鶴川教授の研究室には、北岡博士以来、蜿々《えんえん》と続けられた傑出人脳についての研究結果が積み重ねられている。もちろん教授はそれらのデータのほとんどを、頭に刻みこんでいる。

教授のこれまでの研究によると、人間の脳の重さは、大体、一〇〇〇グラムから一五〇〇グラムのあいだである。

この場合、脳というのは、頭の外側にある大脳と、呼吸、発熱、消化など、生きていくために必要な中枢部のある皮質下部、運動機能に関係ある小脳、延髄などを含めた、いわゆる脳髄全体のことである。もう少しわかりやすくいうと、首から上の、頭蓋骨のなかにある部分、とでもいったほうがいいかもしれない。

一般に動物では、身体の大きい動物ほど、脳髄も大きく、鯨は二〇〇〇から三〇〇〇グラム、象にいたっては、四〇〇〇から四八〇〇グラムに達する。

しかし、これら特殊な例を除けば、動物のなかで人間の脳は最も重く、とくに精神的活動の中心である大脳がよく発達しているところが特徴である。

教授達が意企したのは、脳の優秀さの表現で、単純な重さではないから、その矛盾をとくために、体重と脳重量との比率で現わす、「脳係数」というのが考え出された。いまこれに従えば、下等猿で七・〇、チンパンジーが八・九、オランウータンが一〇・五、直立猿人が一八・七、現代人は三〇・四という数値がでる。

この係数はほぼ人類の進化に並行して大きくなっているのがわかる。

ついでに、脳の重量と体重との比率を、いくつかの動物についてみると、鳴禽類《めいきん》は一対一二から二八、日本男子は一対三八、ゴリラ一対一〇〇、犬一対二一四から三〇〇、馬一対四〇〇、子象一対五〇〇、虎、ライオン一対五〇〇ないし六〇〇、鯨一対二五〇〇〇という数字になる。

これをみれば、鯨や象のように、一見脳の重量の大きいものが、全体的に、必ずしもよく発達した脳をもっているわけでないことが、よくわかる。

ただここで、鳴禽類が、人間の比率より小さくなっているが、これは体重が極端に小さいのにくわえ、脳のうちでも、敏捷《びんしょう》な運動を司《つかさど》る、延髄のほうが発達しているからで、大脳そのものは、きわめて小さい。

そこで人間の脳だが、これは皮質下部、小脳、延髄といった、生命を保つうえに重要な中心センターのほかに、大脳という高邁《こうまい》な精神活動を営む部分が大きな比率を占めている。

ものごとを考えたり、創造したり、喜怒哀楽、好き嫌いなど、意志から情緒まで、すべての精神活動の中枢がここにある。

鳥の頭と人間の頭の形の違いは、この大脳のあるなしによって、生じているともいえる。

人間の脳では、皮質下部や延髄といった部分の重量は、ほとんど一定で変りがないから、脳の重量で差があるとしたら、ほとんどこの大脳の重量の違いと考えていい。

「精神活動の秀れた人物は重い脳を持ち、劣る者は、軽い脳をもっているのではないか」と教授達が考えついた原点は、まさにここにある。

実際、何人もの人を解剖し、脳の重さを測っていくと、そういう傾向が次第にはっきりしてきた。

大体、人間の脳の重量は計測者によって、多少の違いはあるが、田口氏の統計によると、一三六七グラム、天野氏によると、一三七四グラムという数字がでている。

鶴川教授の統計結果は一三八五グラムで、前の二人の結果よりやや高いが大差はなく、大体、一三七〇グラム前後とみて、よさそうである。

これを外国人の統計と較べてみると、イギリスのボイドは、一三二五グラム、フランスのパルチャップは一三二三グラムで、ドイツのマルチャントの一三八八グラムを別にすれば、日本人より、いくらか軽い結果になっている。

これだけで、日本人が西欧諸国人より優秀だと即断はできないが、少なくとも、日本人が西欧人より劣っていないことだけはたしかである。

はたして、脳の重量だけで、その人の優秀性を断定できるかどうかと、そこにもう一つ問題がある。

学者のなかには、重量以外に、脳回転の性状と構造、いわゆる脳の皺の状態も関係しているという人もいて、一概にはいいきれない。もっともその学者も、皺がどうなら優秀かということになると、これまたはっきりしない。

結局、いまのところ、重量がある程度、脳の優秀さに関係あるだろうということは、ほとんどの学者が納得している。

教授がこれまで解剖したなかで、脳重量の最も軽かったのは、七九二グラムというのであった。

この脳は、二十六歳の青年のもので、子供のときから精神薄弱者として、扱われてきたものだが、解剖してみると、大脳は萎縮して、皺も浅く、平坦であった。

他に、北岡博士が六八五グラム、というのを記録しているが、これもやはり精薄者であった。

外国では短脳症として、六〇〇グラム以下の例が二十六例も報告されているが、このあたりになると、もはや人間というより、人類脳と類人猿脳の中間に近いとみたほうがいい。

一般的に、脳重量が一〇〇〇グラムを割ると、精薄者となり、正常の人に従《つ》いていくのは、かなり難しくなっていく。

ところで教授のいる帝都大学には、かなりの数の、「傑出人脳」の標本が残っている。

ここで、なにをして傑出人というか、その定義はかなり難しいが、教授の考えとしては一応、学問的に大きな業績を残したり、社会的に知名な仕事をした優秀と思われる人、ということになる。

これでは、まだ不充分ということにもなるが、簡単にいえば、偉い学者や芸術家、さらに政財界の著名人ということである。いろいろ問題はあるが、ともかくそうでもして決めないことには、ことは運ばない。

この人達についてみると、たしかに普通人とのあいだに、はっきりした差ができていて、平均すると、五〇から一〇〇グラムほど傑出人脳のほうが脳重量が大きい。

いままで帝都大学に残っているデータのうち、政治家で最も重い脳重量を持っていた人は、かつての内閣総理大臣桂太郎公である。

この人は弘化四年長門萩に生まれ、維新の会津の東北戦争に従軍したのち、日清戦争を経て陸軍大将となり、さらに陸軍大臣から、明治三十四年内閣総理大臣になった。明治のいわゆる元老である。

この人の脳が、実に一六〇〇グラム丁度あった。

死因は脳溢血《のういっけつ》で、六十七歳で死んだが、体型は小肥りの肥満型で、性格は温和で楽天的、柔軟性に富んでいたという。

解剖所見の「桂公の精神素質概要」のところには、次のような記載がある。

「桂公が一を聞いて十を知る程の極めて明敏な理解力を有し、又同時に、甚だ正確な記憶力を所持していたことを、我々は公を知る徳富蘇峰氏より聞くことを得た。又我々が叡智《えいち》の一方面として重要視する算数の才能においても、桂公は甚だ非凡なものがあった。桂公が総理大臣として、特に財政に一隻眼《いっせきがん》を有していたと伝えられることは、この方面の事情を物語るものとみてよいと思う。（中略）公は理想家であるよりも現実家であり、理論家であるよりも実行家であり、消極的にして逡巡《しゅんじゅん》するよりも積極的且《か》つ果断であり、孤独であるよりも協調的であり、又気難かしくあるよりも円満且つ楽天的であったという性格は、今日の性格学の観点からみれば、クレッチマーのいう、所謂《いわゆる》分裂気質とは対蹠《たいしょ》的性質を帯びた循環気質の、正に典型的のものと断じて、一点の疑いのないものである」

戦前の総理大臣に対する記述であるから、多少、賞《ほ》めすぎの傾向があるかもしれないが、これから大体の性格を推測することができる。

解剖記録はこの他に、略歴、桂公の精神素質概要、疾病及び解剖所見の概要、大脳表面の一般状態、左側大脳半球の脳回転、右側大脳半球の脳溝、右側大脳半球の脳回転、所見の判断、解剖図譜の十項目、A五判六十五頁《ページ》に及び、さらに冒頭に、桂公のモーニング姿の写真まで貼付されている。

これだけ詳細に調べられ、記載されては、桂公も解剖されて、もって瞑《めい》すべしといえるかもしれない。

去年の暮、教授はなに気なく、標本室にある桂公の脳を見ているうちに、ふと、急に測ってみたくなって、標本ビンから脳をとり出して測ってみた。

それによると、大脳の左半球が四〇五グラム、右半球が四〇二グラム、小脳及び間脳以下が九三グラムで、合計九〇〇グラムに減少している。

もちろん、これは計測の誤りでなく、解剖時の大正三年には、まさしく一六〇〇グラムあったものが、長年アルコールに固定保存されているうちに、次第に縮小し、大正八年には一〇三〇グラム、昭和十二年には九七〇グラムに減少したというわけである。小さくなった脳をみて、教授はなんとなくほっとしたが、それは、理由のない安堵にすぎない。

桂公のほかに、一六〇〇グラム台の脳重量を持った人達は、いずれも大正、昭和初期の学者にかぎると、京大教授で林学者の市川三禄の一六四五グラム、新潟県医師会長長谷川寛治の一六二〇グラム、外科学者久留春三の一六二〇グラム、東大教授造船学者寺野精一の一六〇〇グラム、同じく慶大教授解剖学者岡島敬治の一六〇〇グラムなどがある。

さらにただ一人、一七〇〇グラム台として、京大教授病理学者の速水猛の一七二〇グラムがあり、これが帝都大学に残る傑出人脳の最高記録である。

その他、一五〇〇グラム台になると、東大教授機械学者井口在屋の一五四〇グラム、同じく内科学者入沢達吉の一五三〇、解剖学教授田口和美の一五二〇など、かなり増えてくる。

一般には政財界人より、学界、とくに医学界の人が多いのは、死後解剖を承服した人が、この分野の人に多いからで、政財界や文化人も、すすんで自分の屍体を提供していれば、傑出人脳の例はもっと増えたかもしれないが、解剖を受けていないので測りようがない。

それでも一四〇〇グラム台になると、学者のほかに、ときたま変った人の名も見えてきて、東京駅頭で遭難した、かつての名宰相、浜口雄幸《おさち》の一四九五グラム、宗教学思想家として名声高い内村鑑三が一四七〇、作家の夏目漱石が一四二五、岩野泡鳴が一四二〇グラム、女流作家三宅《みやけ》やす子が一四四五と、女性でただ一人、一四〇〇グラム台で気を吐いている。

学者では、タール癌の発見者である山極勝三郎の一四七〇グラム、病理学者慶大教授草間滋の一四九〇をはじめ、多士済々《せいせい》である。

一三〇〇グラム台になると普通の人でもかなり多い。これまで解剖された日本人の成人男子の平均値が一三六〇から七〇とすると、一三〇〇の上限から、一応重いほうといえるかもしれない。

大体、傑出した人の脳が、普通人より重いということをいい出したのは、一九世紀の後半、ドイツのワグナー教授あたりであり、以来、いろいろな角度からこれが研究されてきた。

北岡博士が脳重量について研究しはじめたのも、このワグナー等の研究に刺戟された結果であるが、統計学的に、たしかに傑出した人の脳は普通人より重いという結果がでている。

これは棒グラフの分布図でみると、非常にはっきりするが、傑出人脳は一四〇〇から一四五〇グラムのところにピークがあり、一四五〇から一五五〇にかけてゆるやかな下りを示し、一三五〇以下は急速に減少する。

これに対し、普通人脳は一三五〇から一四〇〇にピークがあり、軽いほうは一二〇〇まで緩慢な低下を示すのに、重い一四五〇以上の例は急速に減少する。

ピークに五〇グラムの変動があり、山形も、傑出人脳は重いほうが、普通人脳は軽いほうがなだらかな山を形造っているのである。

それでも普通人で一六〇〇をこえる者もあり、傑出人脳でも一二〇〇前後の例もないわけではない。

これに対し、鶴川教授達は、普通人とはいっても、社会的事情や運不運で時流にのれなかっただけで、頭そのものは決して悪くなかった、と解釈し、反対に傑出人といっても、実力以上に運や努力で伸びた人もいるからだと理解している。

この説明は一般的に認められており、これにくわえて、脳の活動は脳細胞の活性や、皺襞の形状など、さまざまな要素によってコントロールされるから、ばらつくのだというわけである。

このように、脳の優秀性を脳の重さだけで云々《うんぬん》するのは危険だが、といって現在のところ、これがある程度の指標になることもまた否定できない。

四

正直いって、いま鶴川教授は、自分の脳が一六〇〇グラム台であって欲しい、などと高望みはしていない。

出来うれば、一五〇〇グラム台か、せめて一四〇〇グラムあれば嬉しいと思っている。とにかく一四〇〇を越えていれば、一流学者として恥かしくはない。それなら名実ともに、傑出人脳として大きな顔ができる。

だが最近、教授は年齢とともに、すっかり気が弱くなってきた。

若いころ、俊秀の誉れ高く、若手解剖学者の第一人者といわれたころは、間違っても一四〇〇グラムを割ることはないだろう、と秘かに自負していた。それが四、五年前から、一四〇〇など、とても覚束《おぼつか》ないような気持になってきたのである。もしかして、それは五年前に胆石の大手術を受けて、死の淵《ふち》を垣間見《かいまみ》たせいかもしれない。

このごろは一四〇〇はおろか、一三〇〇か、場合によっては一二〇〇台であるような気さえする。事実、今朝方みた夢は、一二一六グラムとなっていた。

あれは日頃、「自分の脳は軽いのではないか」という強迫観念に悩まされていた結果が、夢に現われてきたわけだろうが、それにしても軽すぎる。

どうして、そんな数字が夢にでてきたのか、理由はともかく、実際そんなに軽かったらやりきれない。

それがわかった瞬間、弟子達はどんな顔をするか、そして全国の解剖学者はなんというか。生きているときなら、なんとかいいわけもつくが、脳の重さがわかるのは死んでからあとだから、なんとも始末が悪い。

実をいうと、最近教授は傑出人のなかで、脳の軽かった人達に、なんとなく親しみを覚えている。

以前なら、その人達の業績は評価しながら、一方で、「しかしあの先生は、さほどよくない頭をフル回転させて、あそこまで頑張ったのだな」と、感心とも同情ともつかぬ気持を抱いたものだが、いまはそんな不遜な考えはなくなった。

このごろではむしろその人達が、なんとなく優しく、人間くさい、いい人だったような気さえする。

いま教授の研究室にある脳の標本のなかで最も軽かったのは、高名な解剖学者であった川野正徳の一一六〇グラムである。この人が傑出人脳の最低記録で、次が、やはり同じ解剖学者の池波重臣の一一八六グラムである。

この他には京大教授でわが国薬理学界の草わけであった藤野仁の一二八四、東大教授で病理学者の中川裕一郎の一二二五グラムなど、さすがに数名を数えるにすぎない。

この他に俳人の内藤鳴雪が一二九〇グラムで、惜しいところで一三〇〇を割っている。

この人達は、はっきりいって、傑出人脳の平均値を、普通人のほうに近づけた、ある意味で庶民的な、ある意味で残念な存在だが、もちろん、それはこの人達の責任ではない。当然のことながら、彼等は生前、自分の脳の重さを知るよしもないし、そんなに軽いとは思ってもいなかったろう。

しかしそれにしても、この傑出人脳の軽いグループに、恩師の北岡博士を含めて、解剖学者が三人までも入っているのが教授にとってはひどく気になる。三人もいるとは偶然なのか、それとも理由があるのか。

　まさか解剖学が、他の学問にくらべて易しいというわけではない。現に慶応の岡島教授の一六〇〇グラムや、東大田口教授一五二〇グラムというように、重いほうで二人の解剖学者がいるところからも、それがナンセンスなことがよくわかる。

　それはともかく、いま鶴川教授が、重かった二人より、軽かった三人のほうになんとなく親しみを覚えていることは確かである。

　このごろ、教授はときどき脳の標本室で、ぼんやり時を過すことがあるが、そんなとき、教授はきまって、軽かった北岡、川野、池波、三人の先達の脳の前で腰をおろす。

　重々しく、いかにも我こそはと、優秀さを競い合っているような傑出人脳のなかで、この三人の脳だけは、いかにものんびりと、アルコール液のなかに浮いている。

　それは地下室の埃《ほこり》をかぶった蛍光灯の下で、緩やかな皺を見せながら、「人間、脳の重さなぞ関係ないよ、与えられた仕事を、ただ誠実にやるだけさ」と、囁いているようにさえみえる。

　教授はいまになって、かつて若かりしころ、恩師の北岡博士の解剖をして、脳が軽かったことに、同情したことを後悔している。

　若さの傲《おご》りとはいえ、あれは僭越《せんえつ》であった。脳の重量がすべてでないと知りながら、それに引きずり廻されていた自分が羞かしい。

　その罪亡ぼしのため、というわけでもないが、鶴川教授はこの二年間ほど、傑出人のなかで、脳重量の軽かった例を集めている。

以前は傑出人のなかで、脳の重い人を見付けると嬉しかったが、いまでは軽い人を見付けるとほっとする。

過去二十数年、研究を重ね、定説化してきた事実を、今度は自分の手で打ち砕こうとしている。

教授がこの春、大阪での全国解剖学会で発表しようと思っているテーマは、「脳重量評価への疑問」というものである。

ここで、教授はこれまでの、単純な脳重量による、傑出人と普通人との統計学的な判断へ疑問を提出しようと思っているのである。

恩師北岡博士以来、引き継いできたテーマへ、自ら疑問を呈するのだから、大変な勇気が必要だが、いまはむしろこの仕事にやり甲斐を抱いている。

それはより確実な脳の研究への捨て石であるとともに、脳の軽かった人、そして軽いかも知れない自分への救いにもなる。

この五年間、教授は別の視点から脳を研究してきて、いろいろなことがわかってきた。

そのなかで、教授が最も嬉しかった発見は、脳の重い人のなかに、ときどき癲癇《てんかん》や精薄と思われる人がまじっていることである。

このことは以前から注目され、これまで世界で最も脳重量の大きかったのは、ドイツの二十一歳の青年で、二八五〇グラムという記録があるが、この青年は生前から癲癇性痴呆であった。

このほかにも、癲癇や精薄で一七〇〇グラム近くあった例が、いくつか報告されているが、これらはいずれも外国であった。

教授もそのことが気になって、いろいろ調べてみたが、いままで精薄で脳が重い例は見付からなかったが、四年前、精神病院における死亡者の解剖をするようになってから、脳の重い例にぶつかりはじめた。

生前、あきらかに精神異常者、または薄弱者と診断を受けている人のなかで、脳重量が一五〇〇グラムをこす例が、三例見付かったのである。

そのうち二例は、この半年のあいだに続けて見付かった。

これを、精神薄弱者のなかの例外と考えるべきか、馬鹿と天才は紙一重の例とみるべきか、解釈は難しいが、脳重量だけ考えては大変な間違いになるという、例証にはなる。

さらに教授の研究によると、昔のデータは、その測り方に多少の疑問があり、有名人には少し匙《さじ》加減《かげん》をしたような疑いのあるものもあり、また脳溢血や脳腫瘍などで死んだ場合には、実際より、やや重い値が出るケースが多いということである。

脳溢血の場合、脳の奥の動脈が破れて血がふき出すが、ほとんどの場合、出血した血液は脳のなかに閉じこめられて、外へは出てこない。ところが脳重量を測る場合、この血を含んだままの脳が測られている可能性が強い。

こうしてみると、前記の岡島教授の一六〇〇グラムのように脳溢血で死亡した人の重さは、少し割引きして考えなければならないかもしれない。

もっとも、そうすると問題はさらに尾を引いて、中川教授のように、ただでさえ軽いほうの人は、さらに軽かった、ということにもなる。

それはともかく、死亡したときの脳の状態で、多少の誤差が生じることはたしかである。

それともう一つ、最近、教授が注目していることは、死亡したときの年齢である。

これは教授が、なにげなく標本を見ているうちに気がついたのだが、脳が軽いので親しみを覚えている、川野、池波両学者の死亡年齢が、七十四歳、七十三歳と、いずれも七十歳をこえる高齢であることである。

二人とも死亡時は、名誉教授で、実際に学問的活動はなにもされていなかった。

その他の軽い人たちも大部分が七十歳をこえる高齢であった。

とくに俳人の内藤鳴雪（一二九〇グラム）などは、死因は脳溢血ではあるが、八十歳の高齢である。

人間の脳は、年齢とともに次第に萎縮して、小さくなるらしいが、とくに隠退などして頭を使わなくなると、この退化はいちじるしいらしい。

もっとも入沢教授のように、七十四歳の高齢者なのに、一五三〇グラムという人もいるし、桂公のように、六十七歳で一六〇〇グラムという気狂いじみた人もいるから、一概に年齢だけでもいえないが、とにかく高齢者に脳の軽い人が多いことは事実である。高齢者は割り損か。

これを逆にいえば、重い脳として記録に残したければ、若死にしたほうがいい、ということにもなる。

とにかくこんなわけで、鶴川教授はこのところ、ものの怪《け》にでも憑《つ》かれたように、「傑出人には脳の重い人が多い」という自説を、裏切る資料の蒐《しゆう》集《しゆう》に余念がない。

これを報告して、世間に定説化しつつある、「頭のいい人は脳が重い」という説を砕くのだと、弟子達にあたりかまわず話しかけるのである。

五

鶴川教授の言動が少し可笑しい、という噂がたちはじめたのは、この「脳重量評価への疑問」という論文がほぼ完成に近づいた一月の末からである。

このごろ、教授は狂ったように研究に熱中するかと思うと、急に憑きものでも落ちたように、研究を放り出してぼんやりしている。それも部屋や自宅で休むわけでなく、ただ一人標本室へ籠って、先輩学者の脳を見詰めているのである。

研究室の助手達も、初めは疲れて、ときどき息抜きしているのかと思ったが、たまに電話などかかってきて、呼びにいったりすると、標本の前で、なにやら一人ごとをつぶやいている。

「お前は可愛い脳だなあ、小さくて軽くて、貧弱で、みんなに馬鹿にされて、でも俺はお前が大好きだよ」

そんなことをいって、脳の標本に頬ずりしているかと思うと、

「この、でかくて重くて、図々《ずうずう》しい奴め。大きい顔して威張りくさって、それでも俺はお前のインチキは、ちゃんと知っているんだぞ。お前の脳味噌《のうみそ》のなかには血が一杯たまって重いだけで、細胞は少しも働いちゃいない。でかくて重いだけしか能のない、馬鹿野郎」

そんなことをいって、ビンを拳で叩いている。幸い標本ビンのガラスは厚いから、それくらいで割れはしないが、叩く度に、なかのアルコール液と一緒に、白い脳が揺れて無気味である。

「先生、なにをなさっているのですか」

助手が驚いて、教授の横にかけつけると、教授は血の気の失せた、痩せた顔でにたりと笑う。

日頃、厳格で鋭い教授の面影はなく、なにやら焦点の定まらない、不安定な眼差しだ

けが、虚《うつ》ろに宙を舞う。

長年の仕事の疲れのせいかと、弟子達は、なおしばらく、そのままにしておいたが、そのうち、一七二〇グラムあった速水博士の脳の標本ビンを割ったことで、これは普通ではないということになってきた。

このまま放っておいては、またなにをやり出すかわからない。

傑出人脳の蒐集では全国一を誇る、貴重な標本が壊されてはたまらない。

助手達がなだめすかして精神科へ連れていくと、初老期鬱病という診断であった。

五十から六十歳にかけておきてくる、男性に多い病気で、一旦、大学を休み、自宅で療養することにしたが、家に閉じこもっても、異常な言動は絶えない。

一時、熱心に本を読んでいたかと思うと、急に部屋のなかをぐるぐる廻り出し、自分で自分の頭を壁に打ちつける。

あるときは頭のなかの音にでも聴き入るように首を傾け、あるときは診察するような手つきで、頭をこつこつと叩く。

さらには夜、床のなかで突然、「いやだ、いやだ」と叫び出したり、「軽い、軽い」といって、廊下へ走り出す。

夫人も横に寝ていて、さすがに気持が悪い。

たまりかねて、大学の精神科に入院させてもらうことにした。

とにかく、いかに精神に変調をきたしたとはいえ、現職の教授で、しかも解剖学の大御所である。鉄格子のある大部屋というわけにもいかず、三階の、冷蔵庫やテレビもある特等室に入院させることにした。

だが、それが結果として失敗であった。

教授は入院してから四日目の日曜日の午後、付添いの老婦が買物に出て、目を離した隙に窓ガラスを破り、小さな柵をこえて、下へ飛び降りてしまった。

三階であったが、下はコンクリートで駐車場になっていた。

目撃者の話によると、教授はそこへ頭からダイビングするような形で飛び降りたという。なにやら叫んだように思うが、それはよくききとれなかった。

ただちに病院の職員が駈けつけ、外科外来へ運んだが、教授はすでに事切れていた。

その日の夜七時から、つい二カ月前まで、教授が解剖していた解剖室で、今度は教授の屍体が台に載せられていた。

かつて教授が夢にみたように、日曜日で宮川助教授は不在で、助手の逢坂が執刀することになったが、もちろん、そんなことを教授は知るわけもない。

死因は予想どおり、強度の全身打撲と、頭蓋底骨折であった。

病室に遺書はなく、初老期鬱病が亢《こう》じた結果の、発作的な自殺、ということになったが、本当の原因は誰にもわからない。

逢坂助手はじめ、弟子達はみな、あれだけ立派な業績をあげた人だから、傑出人脳として、ぜひ教授の脳を残したいと思ったが、飛び降りたときコンクリートに当った衝撃で、脳内出血がいちじるしく、脳の一部が崩れて頭蓋骨から洩れたので、全量測定はできず、辛うじて形の残る右半球だけ標本ビンに納めて、重量の記載はあきらめざるをえなかった。

◇参考資料　『傑出人脳の研究』　長与又郎他　岩波書店

祭りの日

一

ひとあたり賑やかな女同士のやりとりがあってから玄関口は再び静かになった。すぐ階段を昇ってくる足音が聞えた。重いどっしりとしたのと、ぺたぺたと手足を交互について来る小さな音である。昇りきって音が止った。

「まだ寝ているの」

妻の時子が襖《ふすま》を中半開けて立ったままいった。仰向けに寝そべっていた隆一郎は顔だけ襖に向けて妻を見上げた。妻の腰の辺りから今年三歳になった睦子が同じように顔を覗かせている。

「もう二時ですよ」

「そうか」

隆一郎は上体を起して辺りを見廻した。窓は開けられているが青地のカーテンのせいで部屋の中はうす暗かった。部屋の中央に引っぱり出した坐り机の上には書きかけの原稿があり、彼の足はその机の下に入っていた。つけっ放しのテレビが簿記講座をやっている。今迄彼の頭のあった位置には、二つ折りにした座布団がそのままになっていた。そこに横になって囲碁のテレビ対局を見ていたはずだが、中盤までは覚えているがその先どちらが勝ったのか記憶になかった。見ながら途中で寝入ったのだった。

「お昼は食べますか」

「パパおヒルですよ」

時子がいうとすぐ睦子がいった。「いらない」隆一郎は欠伸《あくび》をし、左右に両腕を伸しながらいった。十時過ぎに起きて新聞を読んでから遅い朝食をとった。昨夜の酔いがまだ少し残っているようであった。それから二階の書斎に上って再び横になった。つい今しがた食事をとったように思うのも無理はなかった。

「起きますね」時子は閉めきったカーテンを開けた。部屋は明るくなったが外は曇っていた。窓からはほとんど風が来ない。むし暑く梅雨を思わせる空模様だった。

「たまには睦ちゃんをお祭りにでも連れていってあげたら」

「お前は」

「お母さんが仲良し会に出かけたんですよ、留守番しなければならないでしょう」

母は近所の年輩の婦人達で作っている無尽講のグループで日帰りの温泉に出かけたの

だった。

「それに明日はお父さんの月命日だから」

「なにかあるのか」父は三年前の十一月十七日に死んだ。毎月十七の日は小月命日で坊さんが読経に来た。

「おはぎでも作らなければ」

「そんなもの親爺《おやじ》は好きじゃなかったぞ」

「あんたみたいに勝手なことといってたら世話ないわ」時子は肘に掌を当てて横を向いた。

「どうしても見たいのか」少しの沈黙のあと隆一郎がいった。「そりゃ見たいにきまっているでしょう」時子が睦子の代りに答えた。二人のやりとりを睦子は黙ってきいていた。

「今日で終りよ」

「じゃ行くか」気のりしないまま隆一郎がいった。「行く」と睦子が直ぐ答えた。「じゃいいんですね、さあ睦ちゃん着替えましょう」時子が睦子の手を引いて立上った。

「なにを着替えるんだ」

「浴衣を着せるんですよ」

「そのままでいいじゃないか」

「今日はお祭りなのよ」

午後二時半であった。隆一郎は立上って外を見た。雲が厚く垂れ込め、その空へ向けて大学農場のポプラ並木が突き出ていた。この数年、祭りといっても神社はおろか、祭典興行も見たことがなかった。祭りに出かけても人混みの中を歩くだけのことであった。

「パパ行くよ」睦子の透《とお》る声に続いて時子の声がした。「いいわよ」

隆一郎はそれには答えず服を着はじめた。下に降りていくと睦子はすでに浴衣を着、簪《かんざし》をさし赤いハンドバッグを持って外に出ていた。口紅をつけ薄化粧さえしている。

「小便はどうするのだ」

「同じよ、パンツをはいてるわ。おしっこしたくなったらパパにいうのよ」時子がいうと睦子は素直にうなずいた。

睦子の足は遅かった。二丁行ってようやく空車をつかまえた。

「一雨来るかも知れないな」

「祭りのうち必ず一日は降るんですよ、去年も降りました」運転手が答えた。

六月の札幌は爽やかにかわいた初夏の一番よい季節であった。それが此頃《このごろ》は本州の梅雨を思わせる空模様のことが時々ある。暗い空の下でライラックとアカシヤが咲き初めている。商店街はビニールでできた緑の庇《ひさし》を出している店が多く、それと一緒に夏ものの大売出しの看板が目立っている。二、三日前まではなかった風景である。女学生もいままでの紺のセーラー服から白い上衣《うわぎ》に変っていた。六月十四から十六の祭りを境に札幌は一斉に夏に模様替えをする。街全体が急に白けた感じである。気候とは無関係にその日がきたから強引に夏にしたという感じである。

二

祭典興行は市の南よりのN公園の一劃《いっかく》で行なわれていた。以前はサーカスや露店は市を南北へ走る創成川畔に立並んでいた。それが五年前交通の渋滞と混雑緩和のため今の位置に移された。直接のきっかけはサーカス団の象が小屋を逃げ出し、向いの人家に飛び込んだのが原因であった。

公園の辺りは進む気がなくても人の波におされて前へ進んだ。家族連れとアヴェックが多かった。女の子は競うように浴衣を着ている。睦子ははやくも隆一郎に抱かれたまま他の子供の浴衣に目を移している。男の子にもハッピを着、豆絞りの鉢巻きをしているのが見られるが、女の華やかな浴衣に較べていかにも安手で借り物じみて見えた。園内に入り池を過ぎたところから両側に露店が続いた。金魚すくい、ビニールで包んだわた飴、テレビで馴染みの漫画のお面、百円均一、射的、ヨーヨー、オデンとツブ焼きといった類の店が続く。四、五軒も行くと前と同じ品物を並べた店が現れる。同じものなのに同じように人がたかっている。二十日間も雨がなかったので砂埃がひどかった。行く手に大きな人だかりがあり、そこで人の流れがとまっている。背伸びしてみると沖縄産の毒蛇のエキスから作ったという軟膏《なんこう》を売っていた。毒蛇のハブに嚙ませた創《きず》でもその軟膏をつければピタリと治るということだが、嚙ませるどころか肝臀の蛇さえ容易に見せない。いいだけ客をじらしてから男が肘の上をゴム紐《ひも》で緊縛し、前腕の赤く充血したところへ小刀で傷をつけた。血が溢れ出たところでゴム紐を外し、よく揉んで軟膏をつける。血は二、三分で止った。ゴムで縛って静脈を怒張《どちょう》させれば出血は激しく、外せばとまるというのは静脈注射の時と同じ理屈で、ハブ軟膏とは無関係なことは医師である隆一郎にはすぐわかる。人垣の前にいる子供達は軟膏の威力に感嘆し、後ろの大人は半信半疑ながらインチキという確たる根拠も知りえず、つい二百円を出して買ってしまう。ともかく一日五、六回、男が前腕に軽い切創を自らつけることだけは確かなようだ。

雲は一層厚く、熱気が中空にとどまったように思えた。梅雨をもたらす湿った気圧の谷がどっしりと腰を据えた感じである。人出は更に増えたようである。この公園一帯だけで五万人近い人が出ているらしい。肩が触れ合い、子供は必死に大人の手を離すまいとする。ただ歩くだけで満足に買うことも出来ない。隆一郎は公園の入り口から睦子を抱き続けていたので、睦子の臀《しり》の下を支えている左腕が痺《しび》れてきていた。上体のひ弱さにかかわらず睦子の腰の辺りはすでに女らしい拡《ひろ》がりを持っていた。時子の骨盤も横に発達した女性特有の扁平《へんぺい》骨盤であった。妻の後ろ姿を隆一郎は好んでいない。そこには揺るぎないしたたかな感じがあった。気の遠くなるような広さだった。睦子の骨格は妻のそれをいろ濃く受けついでいるようだ。睦子の体の重いことが妻への倦怠《けんたい》を思い出させた。人波に押されながら露店をすれすれに隆一郎は進んでいった。特別早くも遅くも進むわけにはいかない。サーカスの囃子《はやし》と呼込みのマイクが迫ってきた。

露店が切れ、路《みち》の先は半円形の広場になり、そこに見世物小屋が並んでいた。そこで人の流れは完全に停滞していた。大人も子供も進むことより小屋の前の看板や、呼込みの男が垣間見せる幕の奥のショーに目を奪われていた。右端の小屋はお化け屋敷であった。その前には中学生と家族連れが目立っていた。左手の木枠に囲まれた入り口から入り一廻りして右側から出てくる仕掛けになっている。入って行くものは不安気だが出てくるものは薄笑いを浮べているのが多い。大して驚かなかったという風情を見せるように胸を張って出てくる者もいる。続いて犬の曲芸団が並んでいる。様々な衣裳《いしょう》をまとった小犬達がリズムに乗って舞台へ消えていく。出番でない犬が鎖がないのに逃げもせずに人の群を見ている。その隣りはすでに馴染みになっている大きなサーカス団が来ていた。両端に置き物のように象とライオンがいる。体一杯でほとんど動く余裕のない檻の中のライオンは横になったまま雑踏と暑さに堪えるように目を閉じていた。床についた腹毛は艶がなく微《かす》かに波うっている。檻の鉄格子の間から出た尻尾の先は汚物で瘡《かさ》のようなしこりがついている。雄を表わす獅子環もところどころ乱れて妙に威厳がない。獣はただ時間の過ぎるのだけを待っているように見える。厚化粧をし着物の裾をはしょった女が無関心に行き来する。「第二部、空中サーカスの開演」とマイクがくりかえした。雨は来そうで来ない。一面に厚い雲だが西の山際だけがオレンジ色に明るくみえる。

正面に女が柱に縛られている。頭髪は乱れ、俯向《うつむ》いた顔に生気はない。露出された乳の上下に荒縄がくい込み、両手は後手に括《くく》られている。女の下半身は赤い腰巻でおおわれているが先端が乱れて白い腿《もも》が見える。揃《そろ》えて爪先立った足の下に焚木《たきぎ》が重ねられている。「日本残酷刑罰史」と横なぐりの筆の先がかすれた書体で記されている。囚衣一枚を纏《まと》っただけの女が角状の仕置場に正坐し、その上に平たい重ね石を抱かされている図がある。女の顔は反り返り、歪《ゆが》んだ口の端に髪の先がくわえられている。暗い松林を背景にした首台に三つの裸首が載っている。中央が男で脇の二つが女の死に顔である。「只今《ただいま》やっています、一度見ておいて下さい。お金は後でいいのです」ここだけは妙に静まり返っている。呼込みの声も低く諭す調子である。家族連れや女性は横目で急ぎ足に去っていく。「十八歳未満おことわり」と木戸に小さな貼り紙が出ている。ときたま若い男に交って中年の男が不貞《ふて》くされたように入っていく。中学生が真剣な表情で絵看板を見視《みつ》めている。立止って見上げている男達の表情は無関心を装っている。隆一郎は睦子をあやす仕草で肩口から、暗い幕に閉ざされた入り口を見視めた。

「どうぞ、お入りはいまですよ」同じ調子で男がくり返した。汗が半袖シャッツの襟首のまわりに滲《にじ》んできていた。もう一度縛られた女へ視線を移しかけた時、隆一郎は背を軽く叩かれているのに気付いた。驚きを隠すように彼はゆっくりと振返った。同じ病院のレントゲン技師の布目康介だった。

「先日は御世話になりました」布目は隆一郎に丁寧に頭を下げた。一昨日布目の三歳になる男の子が右膝の痛みを訴えて彼のところへ連れてこられた。普通の関節炎とは異り膝の中で内出血を起しているようであった。一旦副子《そえぎ》を当てて止血剤をうったが、同時に血液の検査もした。その結果は明日布目が聞きにくることになっていた。

「結果はわかりましたか」

「二つを除いては大体」

「どんな具合なのでしょう」淫らな絵看板の前であることも布目には気にならないようであった。

「血友病性関節炎のように思うのです」

「どんな病気ですか」

「一寸厄介な病気で」いいかけて隆一郎は後ろからの人の波におされてよろめいた。

「済みません、後で御伺いしてもいいでしょうか」

「電話でいいですよ」

「じゃその時ゆっくり教えて下さい。いま、田舎の従弟《いとこ》を連れてきているのです」そういって布目は斜め後ろに立ち尽している二人の高校生を見やった。

「まだ痛がってますか」

「昨夜から少し落ちつきました。今はワイフがついていています」

「じゃ」隆一郎は睦子を抱き直した。

「後で電話させて貰《もら》います」布目はそういって頭を下げた。

三人とは反対廻りに隆一郎は左へ進んだ。再びお化け屋敷があった。だが今度のは怖がらせるというより、小屋の中にマジックミラーをとりつけて驚かせるといった趣向のものであった。若い男女にはこの方が人気があるらしく出てきた後もなお大声で話し合っている。サーカスの方で新しい回転木馬の曲が始まった。ふと水滴が頰に触れた。厚い曇り空から堪えかねたように雨が降り始めた。だがほとんど気にもならない。

「世界に二人といない奇女」と赤字で大きく書かれた看板がある。隣りの見世物小屋の女の背から上の後ろ姿だけが見えた。髪の毛が長く背まで垂れている。外からは立上った女よりも、女を見視めている客の表情の方がよくみえた。客の視線のすべてが中央の女に向けられているのがわかる。思わせぶりに一旦上った幕は一分も経たずに再び下りた。

「これから蛇とたわむれます。自分の裸を蛇に巻かせて横になる女」とマイクの声がする。

木戸と入り口の辺りに三人の男が屯《たむ》ろしていた。一様にサングラスをかけ花模様のアロハを着ている。男はそれぞれに無言のまま一人は片肢《かたあし》を一段高い木枠に乗せ、一人は頰杖《ほおづえ》をつき、一人は煙草を横に咥えている。

「お金はあとだよ、出るときでいいんだよ、見て楽しんでからでいいんだよ、あれあれ女が立上る。見てごらん、蛇女のすべてがわかる」

後ろから隆一郎はおされた。二人の若い男が酒の臭を残して前のめりになって入っていった。木枠に肢をのせていた男が少し口を動かしかけて頭を下げた。

「見たい？」

「見る、見ようパパ」わけもわからずに睦子が答えた。隆一郎は一寸辺りを見廻した。傘をさし始めた人がいた。顔見知りの者はいなかった。隆一郎はやや傾斜を持った安普請の板の床を上った。彼の後ろに人の従いてくる気配はなかった。

「あれなあにパパ」睦子が絵看板の女が蛇を首に巻いているのを指していった。

「はい、いらっしゃい」ヤクザっぽい男の声は意外にやさしかった。客は男と女が中半し子供から年輩の者までいる。

前の柵にもたれて身動きもせず見ているのは中学生が多い。子供達の間に中年の婦人が交っている。しげしげと見視めている。人間を見る目ではない噂好きな好色な目である。低くなった床の底の部分に十平米に満たない舞台がある。蛇女が胡坐《あぐら》ずわりで右趾に鋏《はさみ》を持ち、左趾に折り紙を持って器用に切っていく。リンゴを切り、花瓶の形を刻む。女の円く大きな顔には前髪が垂れ表情は定かでないが鼻は低く、眼ははれぼったく凹《くぼ》んで見える。腕に蛇の入れ墨をしている細い鞭《むち》を持った男が舞台の端に立っている。「今度は無難《むずか》しい、何ができるか」女の脚は短く外側に彎曲《わんきょく》したO脚である。足首から先は内側へ捻《ねじ》れて異様に小さい。趾は鋏の環を支える拇趾《ぼし》と中趾《ちゅうし》だけは大きい、爪には朱のペディキュアがついている。「さあ出来上った。牛だ」見物人たちはひどく静かであった。息を殺したように見視めていた。女はもう何度も訓練して身につけた演技を無関心に続けていく。三十歳ぐらいかと隆一郎は思った。女と男のほぼ中間に青い大蛇がうずくまっていた。その艶やかな輪はよく見るとわずかに蜒《うね》っているのが知れる。だが看板にあるような錦蛇ではなかった。

蛇が動き廻る女を求めるように頭を持上げた。

「さあお客さんに体を見て貰う」女は丸い木の椅子に坐った。男が鞭を勢いよく床で打った。女の口は割れたように大きい。その時隆一郎には女が笑ったように思えた。縮こまった手で女はドレスを頭から脱ぎ出した。腋《わき》の下に黒い毛が豊かに生えている。「よく見るんだよ、この奇女の姿を」其《そ》の時、向い側の垂れ幕が持上げられ広場が見えた。隆一郎は前の人の肩越しに外を見視めた。傘が見えた。人の群れは相変らず押されるように動きながら少しずつ移動していた。人々の下半身は見えない。雲の下の蒸し暑さが隆一郎に甦った。女はドレスの下に小さな花模様のブラジャーとパンティをつけていた。外へ出ないせいか小肥《こぶと》りの肌は病的なまでに白い。女は両手を下げたまま立っている。見たければ見ろというように女は胸を前に押し出してみせた。女に恥じる気配はなかった。見物人達の方がむしろたじろいでいた。客が女を見ているのではなく、女が客を見ているようであった。厚くぬり込められた唇が開き、女が少し笑った。両手で臍《へそ》の辺りを擦《さす》った。それからもう一度笑った。

「さあよく見なさい。上半分は滅多に見られない見事なグラマー」男が昂揚《こうよう》のある透る声でいった。女はファッションモデルのようにその位置で横をみせ背をみせた。背の中程にブラジャーの留金がみえた。背中の中程にうすく毛が生えている。毛は天幕からのライトを浴びて黄金色に輝いてみえた。睦子は黙って見視めていた。

「これでも生きてゆくんだよ。飯も食べるし、本も読む、皆と同じように恋もする」見物のなかにわずかなざわめきが起きた。それは笑いとも驚きともつかない。

「ゆうゆうと生きていく。果して人間か、動物か、この女」男の台詞《せりふ》は哀調を帯びているが、その顔には声をはり上げるたびに朱がさしてくる。一息つくと男はポケットからハンケチを取り出して首の辺りを拭った。隆一郎は舞台を見ながら少しずつ後ろに下った。後方には隙間ができ、そこでは人の列が少しずつ出口に向っていた。天井に汚点の拡がったテントがたるんでいた。人いきれがテントの中に満ち息苦しくしていた。

「さてこれからいよいよお待兼ね、蛇を相手にたわむれる」

隆一郎は出口の端に来ていた。女が肩を揺らしながら蛇に近づいていく。手足より豊かに発育した軀幹《くかん》に隆一郎は奇怪さを覚えた。四肢が発達しなかったというより、幹が発達しすぎたともいえる。胴が左右に揺れ、前屈《まえかが》みになり蛇に近づく。蛇が恋人に逢ったように体から馴染むように女の素肌に絡んでいく。蛇の腹側の感触が異様に冷たいのだということを隆一郎は思い出した。

雨は同じ調子で降り続いていた。傘の数は増えたが、人出は減った気配もなかった。傘の先が隆一郎の鼻先を移動して不安であった。瞬間ではさほどと思われない雨も次第に地表に吸いこまれている。砂埃はかなり減っていたが涼しさは一向に訪れる気配がなかった。新しいサーカス団があり、女剣劇があった。汗で斑《まだ》らになった化粧の女が男勝りの声で客を呼んでいる。呼び台の横でかつらを冠《かぶ》った女が化粧をしている。男達の目の前で女は臆する気配もなかった。双肌《もろはだ》脱ぎで長々と鏡を見視め眉毛をかいていく。午後四時だった。祭りは日曜日の今日で終る。大きな興行はなお二、三日は続けるが、露店の大半と小さな小屋は明日には取り壊されるはずだ。

突然けたたましいエンジンの音が聞えた。マフラーを取り外した音である。大きなドーム形の木枠が見える。オートバイショーであった。ドームの正面に四台のオートバイがこちらを向いて並んでいる。その中の右端の一台にヘルメットをかぶった青年が乗っていた。青年のオートバイはエンジンをふかしたまま、台の上でしきりに揺れていた。そこで青年は上体を前傾し、反りかえり、両手を水平に拡げるといった仕草をくり返した。ドームの板壁が爆音と共に揺らぎ、オートバイが斜走していくのが知れた。睦子は少し疲れているようだった。蛇女の小屋を出てから少し歩かせたが隆一郎に従うだけでほとんど物をいわなかった。

「只今より本日、第五回目のオートバイショーの開演です。お入りは今、スリル満点、男性的スポーツナンバーワン登場」呼込みの声は嗄《か》れていたがさっぱりしていた。男の子に引きずられるようにして入っていく客が多かった。ドームの上端に向けて急な傾斜の階段が見えた。

「入れ替えだよ、入れ替えだよ」正面に四人の選手の名前が並んでいた。手崎耕治、神部進、鈴木育夫、立野建哉、どうしたわけかそれらの名はどれも若々しく勇んでいるように見えた。「スカッとするぞ、さあ、今から始まる、入れ替え、入れ替え」

ショーを無事に終えてきた男がオートバイに乗って戻ってきた。ヘルメットを外し、皮のチョッキを脱いだ。小柄な青年の顔は少し蒼ざめ、頬はこけていた。唾を吐き口辺を袖口で拭ってからバケツの水を一杯呑んだ。それから同僚がさし出したタオルで顔をごしごしとこすった。「ケン」とドームの裏手の方から声がかかった。男は上体を捻り声の方を振り返った。胴は厚めのベルトで締め込まれ細い腰は後方へ伸びきっていた。男の捻れた胴から下は細く締っていた。膝から下は黒いオートバイ用の長靴をはいていた。男は右手の人差指を挙げ合図を返してから白い歯を見せて笑った。それから向き直るとタオルを首にひっかけたまま板を渡しただけの台に坐った。男はまだ大きな息をついていた。皮のチョッキの下の紺のシャッツからばらになった煙草を一本とり出すと口に咥え、ズボンからライターをとり出して火を点《つ》けた。入れ替りの客が続々と板の傾斜を登っていた。

「しっこはないか」隆一郎の問に睦子は黙って首を左右に振った。

「本日第五回目、最大のショーだよ」ひょろ長い鳥打帽子の男がいった。最前まで台の上でオートバイにのっていた男がエンジンを止めて降りた。辺りは急に静まり、取り囲んだ群集のざわめきと他の小屋の囃子が暑さとともに急に甦った。新しい男が煙草を喫っている男の横に来て坐った。その男もやはり小柄だった。坐ったまま上体を捻りボクシングの打つ真似《まね》をした。それを見て煙草を喫っていた男が笑った。

「ブーブーだ入ってみようか」隆一郎は再び睦子を抱き上げた。「うん」と睦子が素直に答えた。二百円を出して隆一郎は傾斜板を登り始めた。ドームの周りはすでに中半程、人で埋まっていた。立たせると睦子には辛うじて木枠が目の高さに達した。彼は自分の靴の上に睦子を載せた。下方から再びエンジンの音が聞えてきた。睦子は背伸びして下を覗き込んだがドームの中に車はまだ現れていない。隆一郎は睦子に手を絡ませたまま、ぼんやりと辺りを見廻した。興行小屋が立並んだ半円形の広場が見通せた。人群れの中にところどころまばらな箇所がある。夕方を迎えて人出は少しずつ減ってきているようだ。ここからは他の興行は、小屋掛けの木枠と屋根代りのテントしか見えなかった。向い側に黒い幕が見えた。女が縛られていた図がそこにあったことを隆一郎は思い出した。

ドームの底でエンジンの響きが起った。

「オートバイショー、第五回目の公演」下からマイクが叫んだ。ドームの下の狭い入り口から黄色いヘルメットをかぶった男が入ってきた。先程、板に坐ってシャドウボクシングの真似をしてみせた男だった。ドームの中へ入ると初めに上を向いてヘルメットを振って笑った。何度か同じ方向に廻り続けてからオートバイは次第に速度を増し、斜めの壁に向った。睦子は背伸びして木の枠に両肘でしがみつくようにして覗き込んでいた。「やあっ!」という声がきこえた。それと同時にオートバイは垂直に切立った壁面に進んだ。隣りの少年が強張《こわば》った表情で身を乗り出した。オートバイは壁面を斜めに、サインとコサインのカーブを描くように走り続けた。オートバイが上昇し近づく度にその頂点に近い人達は瞬間的に身を引いた。それにつれて丸いドーム一帯が波打つように寄せては返した。黄色いヘルメットだけが唸りと共に上昇し、下降した。まさしく男性的だと隆一郎は思った。青年は前傾をして突進してくる。固定台の上でエンジンをふかしながらやったのと同じ仕草だった。子供の時から何度かこのショーを見ていた。大抵は一人で見にいって、オートバイ乗りになりたいと思ったことがあった。皆の前でエンジンを始動するときも、流線型に突進するときも、終ってチョッキを脱ぐときも、どれもが男らしいと思った。続いて二人の男がやった。走行中に両手を離したり、万歳をしてみせた。日の丸の旗を顔面に覆って走った男もいたが、どれが無難しいのか隆一郎にはわからなかった。だがどの男も終った後は顔が蒼ざめ命をかけている感じが隆一郎には気持よかった。

四人目のショーが始まった。観客は少しずつ慣れてきていた。オートバイがせりあげてきても安心しきっていた。四人目に現れたのは白いヘルメットの男だった。チョッキの下から煙草をとり出して笑った青年だった。壁によじ登るまでは誰もが同じだった。平地を廻り、傾斜地を廻り、段階的に壁面に到達する。だが四番目の男の壁へのとりつきは少し早かった。初めの男の半分位ですでに垂直の壁を廻り始めていた。この男が一番ベテランなのだと隆一郎は思った。オートバイは壁に吸いついたように走った。唸りとともに近づき、ガソリンの匂いを残して走っていく。体は車に密着していた。車が去ってもひたひたと木の枠が揺れ続けた。蒸し暑さを隆一郎は忘れていた。睦子がふり向き両の肢にまとわりついているのを無視していた。自分も幼時憧れたようにその頃から練習を積んでいればあの程度のことは出来るようになったろうか。隆一郎には自信がなかった。唸りとともにオートバイが突進してきた。下から上へ車が生き物のように上昇してきた。ヘルメットの下に瞬間、振向いて笑った男の表情が浮き上った。ドームの先端のわずかに下で身を翻すように車ごと反転する。光った車の後尾の金属の輝きの上には、男の気持よく引締った臀がまたがっていた。男はすでに二十周は廻っていた。車が上昇の構えに入った。左下から右上へ斜めに再び男が突っこんできた。男の両手がハンドルから離れた。思いきり左右に張られた腕の先に真白な手袋が開いた。ドームの頂点に車はせり上った。その方角の見物客が思わず体を引いた。男は車もろともドームから空へつき進んだかと思われた。だが客達が息を止めた瞬間、車はこともなげに転回し、白い玉のようになってドームの底に向っていた。男がオートバイショーを始めて十分近く経っていた。ショーの最後が近づいていた。一人は十二、三分で終了であった。木板の振動をともなって再び車が上を向いた。車のライトの金属の光が獣の目のように突っ込んできた。男が両手を水平に開き、それから一挙に手を上に挙げた。万歳の恰好だった。隆一郎の位置からは蒼ざめた男の表情が見えた。細く長い腕が宙で輪を描いていく。と見えた瞬間、男の両腕がもたれこむように後方へ下った。反り返り、鼻腔をふくらませた男の顔が引きこまれたように反り返った。何か男が叫んだように思えた。絶叫と男の両肢が車からはね上ったのとが同時だった。男は頭を下に腕と肢を開ききったまま、逆さまにドームの底に落ちていった。それは見ていてまるでスローモーションビデオを見るように鮮明でゆっくりしていた。降って落ちていくように男は四肢を拡げた形でドームの底の傾斜部に落ち、一度小さく弾んだあと、ざらついた音を立てて平らな底床にすべりおちていった。ドライバーを失ったオートバイは宙を空転し、からふかしのエンジンの音を残して男の二米先の床に落下した。誰もがその情景を判《は》っきり見ていながら何が起ったのかわからなかった。

「さあ入れ替えだよ、第六回目、本日最後のオートバイショーだよ」という呼込みの嗄《しわ》がれた声がドームの上の客の耳に流れてきた。底の床でオートバイは横倒しになり、後輪だけが廻り続けていた。丸くふくらんだ、車の胴から黒い油が流れ出ていた。床にはまだ誰も現れては来ない。油の流れの先に男が大の字に両肢を拡げて横たわっていた。男はぴくとも動かない。白いヘルメットは飛びちり短く苅《か》り込んだ頭髪は油気のないま埃をかぶっていた。その姿で男はひどく安らかに見えた。間違いなく死んでいるのだと隆一郎は思った。右の耳が光っているのは、頭蓋底が砕け、脳脊髄液が洩れてきているのに違いなかった。ドームの外の男達が事件に気付くまで一分はかかっていた。それが事故でオートバイショーが不能になったと見物客が気付くまでにもそれとほぼ同じ時間がかかっていた。そこで人々は初めて正気に返った。客が争って傾斜路を下り始めた。外では客呼びの声が止み馳《か》けまわる跫《あし》音だけが聞えた。木枠の前で立止って上を見上げている者がいる。木戸のところで並んだまま待っている者もいた。広場の人の流れはほとんど変りなかった。雨雲の下ですでに夕方が襲ってきていた。ドームの上にいた者を除いてはまだ事件に気付いているものはいないようであった。馳けるように降りていった客が一斉にドームの入り口に寄せていた。小屋の前に立っていた男達が彼等に従って木枠を越えて中へ入った。

「パパしっこ」

「しっこ？」睦子は立ったまま大きくうなずいた。「一寸我慢するんだぞ」ドームの中は人で溢れ、倒れた男の姿はもはや人垣で見えなかった。隆一郎は睦子を抱き上げ人々の後ろから傾斜路を下り始めた。

便所は露店の中程の空地にあったがそこまで行くには十分はかかった。サーカス小屋と露店の間に空地があった。その辺りは何時《いっ》も小野球場の外野の辺りだった。荷造り用の木箱や縄が散乱していた。

「パンツはおろせるか」睦子は両手を下げたまま隆一郎にまかせていた。「浴衣を汚さないようにしてな、パパはここで待ってるから」

睦子はその場で隆一郎の方を向いて蹲《しゃが》み込んだ。それを隠すように赤い手提を持ったまま、彼は人の流れを見視めていた。

雨は小糠雨《こぬかあめ》だが間断なく続いていた。埃は雨でしずまっていた。突然人混みの中から小柄な女が隆一郎に向ってきた。笑いながら目配せをする。派手な顔立ちである。何処かで見たような憶えがあるが隆一郎には思い出せない。二米前で女はもう一度笑った。

「先生、井田先生でしょう、忘れたんですか」女の声は陽気で高かった。声にも聞き憶えがあった。「大賀ですよ、大賀さき子、Y炭山で先生に助けて貰った」

それを聞いて隆一郎は初めてうなずいた。

「ああ思い出してくれてよかった。すっかり忘れてるんだから」女は大袈裟な身振りでそういうと襟元をおし上げ、ハンケチで風を呼んだ。

「お祭りで出てきたの？」

「そう近所の人達とね」

「あの時の子供さんは」

「とっても元気ですよ、今、とうさんとデパートにいってるの、私達はこっちに先に来たの」

「いくつになった」

「もう四つですよ」

「そんなになったかね」隆一郎は縞の派手な単衣《ひとえ》を着た女の体を改めて見視めた。

「忘れてるんだから」恨みっぽく女がいった。

「悪いところを見たらすぐ思い出すんだけど」

「エッチ」女の目は媚を含んでいる。

睦子が終って隆一郎の右手に来て並んだ。

「子供さん」

「そうだ」

「可愛いわね、そっくり先生に」女はそういって両手を差し出した。睦子は警戒したように尻込みした。「怖くないのよおばさん」

「てれてるんだ」隆一郎がいった。

「あっちにはもう来ないんですか」

「一寸行く予定がないんだ」

「来て下さいよ、先生のようないい先生来ないと困るわ」

「オーバーだな、じゃ元気で、子供によろしく」

「先生も奥さんによろしく」そういって女はまた声高に笑うと小走りに人混みの中へ戻っていった。

異様な気配を知った群集がドームの一角をめがけて寄せてきていた。その流れに逆行しながら隆一郎は足早に半円形の広場を抜けた。金魚すくいも、わたあめ売りも来る時と同じだった。同じような台詞をくり返し、行き交う客を呼んでいた。

「ママの所に帰るの？」

「そうだ帰るんだよ」

公園の池畔に出た。雨に濡れて緑が息を吹き返していた。車馬交通止めの円い木柵の間を抜けて橋を渡れば公園からは離れる。電車道で十分待って隆一郎はようやく空車を拾った。雨は少しずつ本降りになっていた。車に乗ってから隆一郎は急に疲れを憶えた。女の陽気さとはうらはらになにか滅入《めい》ったような気の重さが残った。パトカーのサイレンが聞えた。音は公園に向って消えていった。男の死体はどうなったろうか。隆一郎は灯のつき始めた街並を見ながら思った。あれで死ぬとしたら男の死は妙に呆気なく簡単なものであった。これまで男が生きて笑ったり、怒ったりしたことがひどく他愛ないことのように思えた。これといった抵抗もせず両手を拡げて落ちていった恰好が、ひどく素直でいさぎよく思えた。男の死はいつもあんな風なのかと隆一郎は考えた。睦子が膝の上に頭をのせたまま眠りかけていた。スタートやブレーキのかかる度にはっと手足を動かすが、またすぐ引き込まれたように眼を閉じていく。

二年前高校の教師だった父が死んだ時のことが隆一郎の頭に甦った。死んだ時、父の年齢は五十九歳であった。普段から血圧は高かったので随分と要心していた。朝夕かならず薬を飲んでいたし、茶もコンブ茶に変えていた。若い時は一升近く飲んだ酒もきまって一合で止めた。田舎に祖母の代からの土地があった。不在地主であったので父が毎月十五日に集金に行っていた。斜陽の炭鉱町で未払い者が多くて父は何時も難儀していた。あれだけの土地がS市にあったら大変な財産なのだがと母が何度か嘆いていた。読み書きの出来ない祖母の代からの貸地なので、契約もその時々の口約束が多かった。集金には父ばかりが行っていた。小屋を建てる分を拡張したとか、土堤のくずれを借地人が自費で直したとか、奥まった家に新しく道をつけてやると約束したといった細いことは父以外は誰も知らなかった。

「父さんがもし突然死んだりしたら私達は何もわからないのだから大変なことになっちまうよ」時たま母がいっても父はとりあおうとはしなかった。下手にわかりやすく整理などしたら本当に死ぬのではないかという恐怖が父にはあったのだ。すでに嫁いで二人の子供のいる姉夫婦と、同居している隆一郎夫婦と、一緒に食事をしたり、温泉に出かけたりすることばかり父は計画していた。睦子が生れてからは朝、勤めに出る前にきまって乳母車に乗せて一人で児童公園にまで連れていった。今でも睦子と一緒に写した写真は父が一番多かった。

父が死んだのは十一月十七日であった。急に冷え込み雪が来るかと思われた深夜であった。明方四時に突然上体を起し胸をおさえこんだまま息絶えた。脇で寝ていた母だけが父の名を呼んだ。それはわずかに二、三分の間の出来ごとであった。夜寝る前十一時までは母と隆一郎の妻と、弟と、クリスマスには久し振りにダンスをしてみようかと話していた。隆一郎が戻った時、父はすでに死んでいた。この一週間彼は父と話をしたことがなかった。三十を過ぎた息子と老父とではほとんど話題らしいものはない。父が死に借地人は勝手ないい分をいったがそれを裏付ける証書もなかった。母が洩らしたように田舎の土地は誰にどのように貸していたものか、さっぱりわからなくなってしまった。

父と母とは明治四十年生れの同じ年齢であった。母は商家の娘で父は貧しい坑夫の四男坊であった。父は養子であった。若い時は頑固だったというが隆一郎の憶えている父は温和で常識的であった。律義な男だった。そんなこととは無関係に隆一郎は父が早く死ぬような予感を持っていた。性格とか強情さを抜きにして父がもろいような予感があった。体を使いすぎるとか働きすぎるということでもなかった。父が早く死に絶えるのは、父が男であるからなのだというように隆一郎は考え始めていた。

窓から微かに風が流れ込んできた。夜に入って蒸し暑さは少しおさまったようであった。鋪道《ほどう》はすでに雨にぬれてヘッドライトが光っていた。まるで降らねばならぬように今年の祭りの後半も雨になった。不連続線が北海道の西海岸までのびてきているのか、隆一郎は黒い線に三角印の天気図を北海道の地図の上に描いてみた。

三

車を降りる時、睦子は目を覚ました。寝足りないので不機嫌だった。妻の時子が車の音をきいて玄関から出てきた。

「こんなに遅くまで」と時子は隆一郎にそういうと、シートの中から睦子を抱きかかえた。時刻はまだ五時だったが雨のせいで七時頃のように思えた。

「濡れたでしょう」時子は睦子の髪を撫で上げ、浴衣を脱がせた。「何処までいってきたの」

「お祭り」睦子が浴衣のなかに顔をうずめたまま答えた。

「本当によく見て歩くわね」時子が呆れ顔で着物に着替えている隆一郎にいった。

「なにを見たの」睦子は一旦裸になり下着まで着替えていく。

「ブーブー」

「自動車？」

「違うの」睦子が答えた。

「オートバイショーだ」帯を締めながら隆一郎が答えた。

「子供みたいに」時子はそういうと一寸笑った。夕刊を取りに隆一郎は玄関に出向いた。

薄暗い戸口の郵便受けにさし込まれた新聞が白く見える。門灯と三和土《たたき》の電灯をつけ、新聞をとると二階の書斎に向った。

窓を開けると雨足がかすかにきこえた。仰向けになり隆一郎は新聞を拡げた。オートバイ事故のことが載っているかと思ったが、夕刊に間に合うわけはないのだ。人出が二十万を越したという見出しがあり、興行小屋の前の半円形の広場の写真が大きく写っていた。人間が写真の上では粒のようにぶつぶつと重なって見えた。書棚の右手の壁に製薬会社から貰った湿温度計があった。温度は二十三度で湿度は八十五パーセントであった。隆一郎は新聞を逆に折り畳んだ。左肘のあたりがだるかった。睦子を抱き続けた痺れがまだ残っているのだった。拡げた新聞を顔の上にかぶせたまま隆一郎は手足を投げ出した形で目を閉じた。全身が妙に気だるかった。あんなことで疲れたのかと自分の体が頼りなかった。

畳の上で四肢が小気味よく伸びきっていた。彼はゆっくりと息を吸った。部屋は窓際を残して暗くなっていた。丁度こんな形だったと隆一郎は上を向いた。白いヘルメットの男が床に落ちた形を思い出した。腕がもう少し開いていたようであった。隆一郎はもぞもぞと着物の腋を拡げた。完全にギブアップした恰好だった。はたから見ると他愛なくみえたが、やってみると気持よい姿勢だった。顔は真直《まっす》ぐ上を向けている。そうしているうち隆一郎はふと今の自分の顔は父の死に顔にそっくりなのではないかと思った。隆一郎は暫《しば》らくそのままの姿勢でいた。出窓の先のトタン屋根に当る雨の音が聞えた。雨足は次第に強くなってきたようだ。

四

「それにしてもやりきれないなあ」隆一郎は声を出しかけた。祭りの情景が次々と頭に浮んだ。

「胎児性異骨軟骨症」その女の医学的病名だ。軀幹に比べて四肢が短いのが特徴の先天性の病患であった。四肢骨の長軸発育に関係している骨端軟骨の働きが障害されているのだ。上下には延びないが骨の周囲をとりまく骨膜の発育は正常だから骨の周径は増大していく。その結果丸くて短い骨ができ、それが硬まらないうちに体重や筋肉の力でへし曲げられて種々の形に変形してしまう。骨が柔らかくてぐにゃぐにゃした骨形成不全症と合併していることが多いから生後まもなく五十パーセントくらいは死亡するが、強い子供は生き残る。骨の病気だが知能に障害はなかった。あの程度のものなら隆一郎の病院にも入院していたことがある。短いのを長くするのは無難しいが、曲ったのは骨切り術で矯正することができた。女はまだ一度も医師の治療を受けていないようであった。治す機会がなかったのか、初めから治す気持がないのか、女は平然としていた。もっとも先天性の病気を治すといっても現在の医学が治しうる範囲は知れていた。一ヶ所の彎曲を治すと、もう一ヶ所と患者は必ず欲をいう。治しても治しても手足の末端の変形は変えようがなかった。なまじ、治す気持など起さない方がすっきりしているのかもしれなかった。あの女は自分を見せることで食べているのだ。ああいうタイプを好く男もいるのかもしれない。性の対象としては充分魅力ある女なのかもしれない。一人の女にあれだけの男がとり巻いていた。男達はヤクザっぽく、怖そうに見えるが、それは見かけだけで本当は蛇女に養われているのだった。蛇女が死ねば男達は狼狽するが、男達の誰が死んでも蛇女は慌てるわけはなかった。蛇女を使っているようで、その実、彼等は蛇女の機嫌を伺い、かしずいているのだった。性においても男達は女に奉仕しているのかもしれなかった。暮れかけた部屋で隆一郎の思いは拡がっていった。誇張して描いた赤い唇を女はゆるませて笑った。行為のあと女は満足し、静かに笑うのかもしれない。どう思い返しても見世物小屋の女といった哀れっぽさはなかった。奇怪さのために女は性的に満足し、悠々と生きているようであった。なりふり構わずその気になってしまえば女は意外に幸せなのかもしれなかった。豊かな骨盤には底知れない強靭《きょうじん》さが潜んでいるようであった。

あれは四年前であった。見世物小屋の女に連るように、隆一郎は祭りの帰りぎわに逢った大賀さき子のことを思い出した。

その時さき子は二十九歳であった。朝方突然の腹痛に見舞われ床の中を両手をついて這いずりまわった。三十分もすると一旦激痛はおちついたが腹は張り全身から脂汗が滲んだ。午前中に内科の医師が応診して鎮痛剤をうったが痛みは変らなかった。午後再び小児科医が応診し麻薬をうった。一時間ほど女はうつらうつらしたが薬が切れはじめると再び呻き出した。病院は午後四時で終りだった。其の日は隆一郎が当直で一人だけ残った。五時に再び応診依頼があった。病院へ連れて来るようにいったがとても動かせる状態ではないと当惑した男の声が答えた。六時になって隆一郎は仕方なく出かけた。下痢か食中《あた》りの腹痛かと思われた。そんなものなら医者を呼ぶまでもなくじっとしていれば落ちつくはずである。女の家は五戸続きの組夫長屋の一軒だった。夫らしい実直そうな男と近所の主婦が枕元でさき子の頭を冷やしていた。患者の顔を見た途端、隆一郎は女の腹痛がただごとではないのを知った。顔面は蒼白《そうはく》で脈搏《みゃくはく》は強く押した時辛うじて触れるだけであった。ショック状態であることは疑う余地もなかった。腹が痛いから鎮痛剤というこれまでの単純な対症療法で快《よ》くなるようなものではなかった。まず全身状態を改善し、ショック状態をおさめることが先決であった。隆一郎は看護婦に補液を指示し救急車を呼んだ。点滴ビンを一人が持ったまま、戸板にのせて患者を病院へ運んだ。車の中でも女は呻き続けた。病院へ着くとそのまま手術場に移し、そこで補液と輸血を続けた。初め血圧は低く測定不能であったが一時間もすると九十まで恢復《かいふく》した。女は目を開け隆一郎の問に答えられるようになった。

「妊娠はしていなかったのか」

「四ヶ月だよ」女は腹で息をしながら答えた。

「かかりつけの医者は」

「K市の武田先生」K市までは車で急いでも一時間はかかった。隆一郎はK市の武田という産婦人科医に電話をした。

「間違いなく子宮外妊娠ですよ、あの女は堕胎《アウス》を九回やっているんですよ、正常産は難しいと思ってました。今からこちらに連れてきては却《かえ》って危険です、先生の方で開腹してやって下さい」

炭鉱病院の産婦人科医は学会で不在であった。彼がいない以上、外科系である隆一郎が手を下すより仕方がなかった。

予想どおり女の腹の中は血の海であった。張りつめていた腹膜を開くと出口を見出した血が一斉に腹の外から手術台を伝わり白いタイルに流れ落ちた。しばらくは赤い血以外腸も膀胱《ぼうこう》も見えなかった。両掌で抱え込むほどの血塊が腹腔内から出てきた。隆一郎は早く子宮に達して破れている箇所を見届けようと焦った。だが子宮の周辺は撒水車《さんすいしゃ》のように噴き出る血液でその輪廓《りんかく》さえつかめなかった。一旦、恢復しかけていた血圧は開腹と同時に急激に下降し、たちまち六十を割り、脈搏はかすかにふれるだけになった。両腕から全開で落ちていく血液では追いつかなかった。隆一郎は膿盆を腹の中へ入れ、それで血をすくって先へ進んだ。女の生温い血がゴム手袋にふりかかってくる。ようやく子宮に達した時女は白眼を出しうわ言を言い始めた。

「脈が触れません」と看護婦が怖《おび》えたようにいった。ここまできてやめるわけにもいかなかった。瞬間助からないと隆一郎は思った。今朝方六時からだというから、かれこれ十二時間以上、女は子宮が破裂しそこから激しく出血した状態のまま生き続けたことになる。大きな血の塊と、膿盆で何杯かき出したか、二千や三千ccは優に越しているはずであった。

――人体の全血液量は体重の十三分の一、その三分の一を失ったら死亡する――医学書の記載に従えば、女の体は小肥りとはいえ小柄だからせいぜい五十キロとして三千八百ccである。その三分の一は千三百ccとなる。理屈通りとすると女はすでに今日の午前中に死んでいなければならない。サンダルをはいた足が小刻みに震えた。破裂した子宮底の穴から胎盤が顔を出し、そこからくるくる首を振る噴水の先のように激しいスピードで血液が噴出していた。隆一郎は最大の角針を受け取るとその穴をめがけて片っ端から糸をかけた。子宮を取り出す余裕も気力もなかった。ともかく血を止めさえすれば命は助かるかもしれないということだけが頭にあった。子宮に上下、左右とあらゆる方角から糸をかけた。かけていく針が子宮の脆い壁を破いて新しい出血を起すこともあったがともかく三十分後に出血は一応下火になった。隆一郎は念をこめもう一度破裂した箇所を覆いこむように健常な子宮壁を寄せて更に縫い寄せた。子宮はへし曲り、子供の拳ほどに縮み上った。子宮の側面から直腸の後方までなお残留している血塊をとり出し清掃し終って腹を閉じた。さき子の血圧は触れず、顔面は沈み込んだように蒼黒かった。まだ心臓の鼓動だけはあった。両腕からは全開で血液が滴下していく。隆一郎は血圧と心搏を交互に探り続けた。

ほとんど予期していなかったことが起った。三十分で血圧は上昇しだし、一時間で九十になり二時間で女は意識を恢復した。一晩中隆一郎は起き続けた。翌朝女はジュースを呑み、「父さん、父さん」と横の夫を呼んで笑った。三日間わずかな子宮出血が続いたが四日目にはうすく血がつくだけになった。五日目にはベッドに起きて食事をとり、一週間目には歩いてトイレと洗面に行った。そのあと隣りのリウマチの女とにしめを作って周りのものにふるまった。

「あのままでいいですよ。どうってことはありません」

一週間後帰ってきた婦人科医が隆一郎にいった。

「もう駄目かと思いました」隆一郎はその時の震えを思い出した。

「女はね、教科書通りには死にませんよ。あれは男のことです」婦人科医が冗談でなくいった。

「痛みはないものですか」

「腹の傷?」

「いいえ、私が無茶苦茶縫合した子宮の痛みです」

「いやいや」婦人科医は長い指を振っていった。

「子宮は人間で一番鈍感な器官ですからね、あの先端の子宮頸部ね、膣の奥に触れる。あの頸部を診察するとき先の鋭いミューゾで引き出すんですが、麻酔をかけなくても殆《ほと》んど痛がらないんですよ。せいぜい眉を歪めるくらいなものです」

「そんな鈍いのですか」聞くうちに隆一郎はいいようもないいやあな思いにとらわれた。

「子宮はね、人体の中では最低の器官ですよ、高等じゃないんですね。とにかく再生力が強いんですよ、半分位とったって一年も経てばちゃんと元通りの大きさになっているんですから」たしかに動物の高等、下等の順位は再生力で判定する方法があった。人間の四肢は切断したら、それまでで、そこから伸びてくるということはない。ミミズは胴を切断されても一週間もすると元の長さに戻って平気で動き廻っている。人間の体の中にも低級な器官から高級な器官まで様々な段階のものが一緒につめ込まれているようである。手足でいえば神経は最も高等で一度切断されたら二度と再生はしない。切れた位置から一粍《ミリ》たりとも伸びないし、直《じ》き死にたえてしまう。筋肉の腱や、皮膚も再生力は比較的弱い。大きな皮膚の欠損はいつまでまっても周辺にうすい皮膚が出てくるだけで全層を覆ってくるまでにはならない。結局皮膚移植をしなければならない。それも患者自身の皮膚しか生着しない。それからみると骨や肉の部分の再生力ははるかに優《まさ》ってい た。大きくえぐりとられたような創でもガーゼ交換をしているだけで肉は上ってくる。毎日一日と目立つ程上ってくることもある。骨も折れた両端さえ近づけておけば割合容易についてしまう。その間に他人の骨をおいても平気でついてしまう。それにしても半分を失っても元戻りになりうる器官は人体の中では子宮以外にはなかった。

「確かに女は我慢強いですね。麻酔など多少、少なくてもあまり痛がりませんね」

「実際神経分布も少ないんでしょう」婦人科医が真顔でいった。手術をしていて確かにそんな感じがするのだ。

「だからこそ子供を産めるともいえますよ、あれを男にさせたら、皆失心して死んでしまう」胆石ひとつおし出すのでさえ男はのたうちまわるのだ。「子宮みたいのが男にはないから」

「それにしても九回も堕したらいい加減子宮もぼろぼろになってとても子供を入れておくわけにはいきませんよ」子宮が破れるのは時間の問題であったと婦人科医はいう。さき子は二年前までK市の海岸通りにあるバーにいた女だと事務の男が隆一郎に教えた。

十日目に女は退院した。

「先生のおかげで命拾いしました」女は両手を拡げて頭を下げると御礼にとウイスキーを一本置いていった。

一年半たって隆一郎はそのY炭鉱町に再び出張に行った。今度は二ヶ月の短期間であった。一週間目にその女が現れた。以前より肥って健康そうに見えた。女は髪の毛の薄い女の子を抱いていた。

「これ私の子ですよ。先生のお陰で産めたんです、見て下さい私にそっくりでしょう」

看護婦達の前で女はあけっぴろげな声をあげた。

「君が、本当に君が産んだの」

「なに驚いてるの、馬鹿ねえ、そんなこと誰が嘘をいうの」女は陽気だった。隆一郎は声もなく女の上から下までを何度も見返した。女が人間とは思えなかった。あの子宮が子供を産めるまで恢復したのが、何度きいても彼には信じられなかった。女は明るい水玉模様のワンピースを波うたせながら午後の明るい外来で赤ん坊をあやして笑った。その時のことを思うと隆一郎は今も無気味な気持に襲われた。

さき子は祭りから帰ったろうか、あるいは蛇女でも見ているのだろうか、隆一郎は夜の迫っている祭りの広場の情景を頭に描いた。

階段を昇って来る足音がした。ペタペタとした小さな音である。思った通り睦子だった。隆一郎は立上り電気をつけた。午前中書きかけた原稿が机の上に散らばっていた。明日までの期限つきで製薬会社の宣伝誌から依頼された原稿の書きかけである。坐り机の一帯が周りの本棚にかこまれて陥地《くぼち》のように見えた。今夜もここで坐り込んで文章を考えるのかと彼は少し憂うつになった。

「パパ御飯ですよ」

隆一郎は睦子を抱いて階下に降りた。

階下には母が帰ってきていた。近所の気の合う主婦達二十人程で始めた無尽講のような集りだが、金の貸し借りより、月に一回各家庭に持廻りして、一日中食べてお喋《しゃべ》りをし合うのが主な目的のようであった。じきつぶれるかと思ったのが長続きして今年で十二年目になっていた。S市から三十分のT温泉で日帰りの息抜きをしてきたのだった。

「飲んで歌ってとても賑やかだったよ」母が昨日から着始めた単衣の着物を着替えながらいった。宴席で残った料理を折につつんで持ち帰ってきたのを睦子は拡げて食べていた。

「皆んな呑気でね、もう十二人が未亡人なんだからねえ」

「そんなにですか」時子が皿を食卓に並べながら答えている。十二年前は夫に先立たれた人は一人もいなかったのが変るものだ、と母がいった。会員は女だけでこの十二年間で死んだものはいない。神経痛だ肩がこる、足腰が冷えると絶えず苦情をいっているが、死ぬ人はいないのだ。どこの家も老婆だけが残っていくのは同じようであった。

「須貝さんのお婆ちゃん酔っちゃってね、帰りのバスまで歌い通しなんだからね、またとっても若くていい声なんだよ」母は上機嫌だった。「秋は一泊旅行で行こうということになったよ」

「いいですね」近所に自分に近い年代のいない時子が羨ましそうにいった。テレビの番組を見ようと思ったが新聞を二階においてきたままだった。取りに上るのも億劫《おっくう》だった。仕方なく隆一郎はテレビを入れた。七時のニュースにはまだ間があった。食卓の上には中央の重箱にあんと、ごまのおはぎが半々ずつ並べられていた。

「おはぎか」

「白い御飯もありますよ」不満そうな隆一郎に時子が答えた。餅米は隆一郎は苦手だった。甘いものは見ただけで胸が重くなった。「そのかわりおかずはあまりないわよ」

隆一郎は代りにカレイを焼かせた。

「おはぎはとても食えないな」

「明日はお父さんの命日よ」昼間と同じことを時子がいった。父はおはぎを好きだったろうか。あまり甘く、くどいものは食べなかったように思うが、隆一郎にははっきりと思い出せなかった。時子も睦子も小皿に二つずつとって食べていた。睦子はテーブルに首から上だけ出して無器用な箸さばきで食べていく。

「とても甘くて美味しく出来ている」少し遅れて食べ始めた母がいった。隆一郎は食欲がなかった。一膳食べてから茶の間で右肘を枕にして横になった。テーブルでは母と時子が相変らず笑いながら話し合っていた。

電話が鳴った。時子が電話の方に行くと、睦子が椅子を降りて後を追おうとした。

「いいから睦ちゃんはいなさい」母が坐ったままそれをなだめた。

「布目さんという方よ」

隆一郎は帯を締め直して立上った。

「さき程はどうも、それでどんな風でしょうか」

「さっきいった通り血友病性関節炎だよ。今は一旦そのままで治まるがね」そこで隆一郎は云い淀《よど》んだ。

「また悪くなるんですか」布目にはもう一人女の子がいた。その子の後に三年目でようやく望み通り得た男の子だった。おでこで目の細いところは布目にそっくりであった。

「なかなか治りにくいのだ」

「血液検査の結果は」

「やはり血をかためる血小板が少ないのでね。出血しやすい傾向があるわけだよ」睦子が何事か駄々をこねていた。隆一郎は玄関と食堂の間のドアを閉じた。

「どうしてそんな病気になったのでしょう」と怒っているような口調だった。

「これは先天性なんだよ」

「先天性？」布目の大声が受話器から飛び出した。「どういうわけですか」

「別に遺伝というわけじゃないんだがよくあるんだ。RHマイナスという子がいるように」

子供は針を刺す時、激しく泣いた。ひ弱で手足に比べて頭が大きい感じだった。穿判《せんはん》する時は看護婦が三人がかりで手足をおさえた。泣き声のわりに暴れる手足の力は弱かった。泣き声は湿布をし、副子をつけ診察室を出てもまだ止まなかった。

「結局どうすればいいんでしょうか」布目が前と同じことを尋ねた。

「とにかく今はそのまま様子を見るより仕方がない、痛みと腫れはじき落ちつくから、明日から毎日止血剤をうちますよ」

「困った病気ですね、大きくはなれるんでしょうか」

「まあ大丈夫だと思うが……」だが大きな傷でもして出血したら血液自体の止血能力が低いのだから大出血を起して死ぬ可能性もあった。少年から青年にかけての将来までは保証できなかった。抜歯の後の出血で死ぬ例も時々はある。

「大丈夫ですね」

「注意をすればね」病気の本態はかくしても仕方のないことであった。はっきり両親に教えて注意をさせておいた方が安全であった。

「雅美には一寸も苦労しなかったんですが、あの子には本当に苦労します。はしかの時も死ぬかと思いました」

「男の子だからね」

「全く男の子は育てにくいですね」布目の焦立《いらだ》っている表情が受話器の声から想像できた。「とにかく通わせますからよろしく頼みます」

男の子だけに布目の心配は大きいようであった。電話はそれで切れた。隆一郎は尿意を覚えて玄関のわきのトイレへ入った。きんかくしが一段高くなった男女兼用の便所であった。排尿しながら隆一郎は布目との会話の続きを思い返していた。

「どうして男がなるのだ」

「傷つきやすい性だからだ」彼はそう答える瞬間を用意していた。きかれたら答えねばならないと思っていた。

まさしく布目の子が罹《かか》った血友病性関節炎は男性だけが侵される病気だった。女性が侵されることはなかった。それは色盲と同じくXYという性染色体に付加された素因が影響しているからであった。性決定の遺伝子が決定された瞬間に布目の子供の病気は定まったということができた。三歳になって知ったのはそれまで病気が表に現れなかっただけのことだ。遅かれ早かれ、男性である以上出る病気である。奇妙なことに致命率の高い先天性の疾患のすべては男性が背負っていた。性染色体に密着した先天性の重い病気は不思議に女にはなかった。産れる数だけから見れば、統計的には男の方が一割方多い。それが学齢期になると男女ほぼ同数になる。布目のいう通り男の子は育て難《にく》いし女の子より手がかかる。脆いのだ。それが中年になって男性は女性より一割方減り、五十歳を過ぎると更に急激な減少を示す。平均寿命を見ても男女では十年近い差ができかけてきている。

隆一郎は二階の書斎に上がった。

時々、母がいっていたことを隆一郎は思い出す。

「お前は一寸した物音ですぐ目を覚まして、本当に苦労したよ。寝ている時御用聞きがくる時間になると玄関の外へ出て御用聞きを待ったものだよ。石炭をストーブに入れる物音でさえ起きるものだから手でストーブに入れたのだよ」隆一郎には勿論《もちろん》記憶のないことであったが、母が嘘をいうわけもなかった。彼が長男であっただけに母は一層気を使ったようであった。その時も今も、男が滅びやすい性であることを母は無意識に感じとっていたのかもしれなかった。階下から再び賑やかな笑い声が聞えた。自分の属している性が男で、そこからもはや逃れ難いことを隆一郎は改めて思った。そしてこの家に今、男が自分一人であることに彼は妙な心細さを覚えた。

ふと隆一郎は立上り懐手のまま階段を降りた。居間のテレビは七時のニュースを流していた。昨日のベトナムのケサン地区の戦闘でベトコン三十名が死亡し六十七名が逮捕されたと告げた。三人はまだ食事をしていた。

「タケシはまた遅いのだね」と母がいった。タケシは隆一郎の八つ違いの弟だった。大学院の学生だったが、近頃恋人が出来て時々外泊してくるらしいと時子が教えてくれた。そのことに隆一郎は特に関心はなかったが、母と時子はしきりに心配しているようだった。

「一時、二時まで飲んでては次の日が疲れるだろうに」夫に先立たれ、長男を嫁にあずけた母には、タケシの世話がひとつの生き甲斐のようでもあった。

テレビニュースは七時十五分になって中央からの放送を終え地方版になった。湿地帯の草叢《くさむら》が映り消防団のような男達が何人か映った。三日前から行方不明になっていた少女が今朝明方人通りのない排水溝の淵《ふち》でスリップ一枚の絞殺死体で見つかったと告げた。少女は十六歳で高校一年生だということだった。セーラー服姿の写真が映った。細面の貧相な顔立ちであった。暴行されたあと絞殺されたようであった。隆一郎は起き上り茶を飲みながらそれを見た。犯人は近所の不良か、変質者の仕業とみて捜査しているということでそのニュースは終った。

「むごいことを」と膝を崩して坐っていた母がいった。テレビはすぐ次のニュースに移った。雨の中の札幌祭りの人出が映った。

「今日午後四時三十分、札幌市N公園内の祭典興行中の木村オートバイショー、責任者木村政太郎で、第五回目の公演中、オートレーサー立野建哉二十四歳が搭乗していたオートバイから突然落車し、五米下の床上に落ち意識を失いました。事故後十分後に救急車で市立病院に運び込まれましたが頭蓋底骨折で病院へ収容した時には既に死亡していました。中央署では原因調査のため関係者を呼び取調べています。なお観客には被害はありませんでしたが、祭りの人出が弥次馬となり事故現場に一斉におしかけ、一時辺りは大変な混雑になりました」

テレビには円いドームを取り囲む人の群れとラムプの明滅する白バイが映った。次に倒れて壊れたままのオートバイが出て、男の顔が映った。隆一郎が入る前に見たと同じボサボサとした短い髪で斜横を向いて映っていた。「ケン」と呼ばれて振り返った時とそれはまさしく同じ顔であった。

「あらそんなことがあったの」時子が食堂からテレビを見通しながらいった。「あなた見たの」

隆一郎は両肢を投げ出したままの姿勢でうなずいた。

「いやな人ね黙ってて」時子は腰を浮したままテレビに見入っていた。

「睦ちゃんもみたんでしょう」

「どんていったの」睦子が腰を浮せて落ちた真似をした。

「怖いわね」

「あんた大丈夫だったの」

母と時子が改めて隆一郎を見視めた。テレビはもう事件らしいものはなかった。睦子が流しの冷蔵庫を開けたので、時子があわてて後を追った。

突然隆一郎は祭りの場所に行ってみたい衝動にかられた。七時半であった。祭りのどことというわけではなかったが、なにか見落してきたところがあったような気がした。この雨ではすでに露店も興行小屋も終っているかもしれなかった。隆一郎は立上って着物を脱ぐとズボンをはき出した。彼とは無関係に身内から急《せ》きたてるような力が隆一郎を動かした。

「何処へ出かけるの」イチゴにミルクをかけて持ってきた時子が不審気にきいた。

「一寸、直ぐ戻る」それだけいって隆一郎は傘だけ持って外へ出た。

五

雨は再び小降りになっていた。むし暑さはいくらか和らいでいた。二丁歩いて彼は車を拾った。自分は何故《なぜ》祭りへ行くのかと車に乗ってから隆一郎は考えた。行こうと思いついたのはテレビを見ていた時だった。男が死んだと知ったときは「やはり」と思っただけだった。とすると行くという気はその前の少女が殺された事件を聞いている時に起きたもののようであった。自分でもその気持の変りようがわからなかった。

「むごいことを」と母が呟《つぶや》いた。

「むごい」と隆一郎も思った。しかしそれは表面だけの感情のようであった。それは家族の気持にも母の気持にもほど遠いもののようであった。隆一郎の心の底にはむしろ快感があった。やった犯人を想像し嫉妬さえ覚えた。妙な気持だと自分で自分の気持をはかりかねた。

車は昼と同じ公園の入り口の柵のところで止った。運転手に金を渡すと傘をさして彼は急ぎ足で露店のある方へ近づいた。道はぬれて足をとられそうであった。赤青、黄と彩られた裸電球のアーチが雨の中で煙っていた。露店は昼の三割程度しかなかった。折り畳まれたままのテントや、閉ったあとの空地が黒々と浮び上っていた。あわてて見おさめにきたらしい客がまばらに歩いていた。皆傘をさしているがその先が肩に触れ合うこともなかった。金魚すくいや、射的が手持無沙汰に客を待っていた。興行小屋の辺りの半円形の広場は昼間の混雑を忘れたように静まり返っていた。サーカスは少し前最後のショーを終ったところのようであった。蛇女のところはすでに暗く、奥の方だけに明りが見えた。五、六人の男が立ってみていたが昼間のヤクザな男も蛇女ももう見えなかった。闇夜に突き出たオートバイショーのドームの辺りだけが人が群がっている。テレビで知ってかけつけて来た客が立止ったまま見上げていた。木枠の辺りに五人の警官が縄を張り警戒していた。ドームの入り口の一段高いところに四台の磨き上げられたオートバイが正面を向いて並んでいた。人々は近よりただうなずきながらドームとオートバイを交互に眺めているだけだった。

隆一郎はドームの前を通りサーカスの前を抜け見世物小屋の前を、昼と丁度逆の順に廻った。サーカス小屋を過ぎるともうほとんど人はいなかった。その先の小屋はどれも暗く静まり返っていた。二つ目のところで隆一郎は立止った。辺りに人はいなかった。彼は前に近づき木枠に手をつき探るように上を見上げた。広場の中央の大きな電球の光がわずかにその辺りまで及んでいた。柱に縛られ蒼ざめてうつ向いている女の顔があった。千切れた腰巻の下に白く細い脚がある。二つ揃えられた裸足《はだし》の足は一様に下を向いている。上から下まで女の体はひどくか細く哀れに見えた。女の表情は弱く切なげであった。息も絶え絶えであった。夜目の中で絵は一層凄みを増し美しく見えた。強い性が弱い性に虐げられているその絵が、隆一郎には不思議なものに思えた、この世にありえないもののように思えた。暗い幕の奥で、この絵と同じ残酷な行為がおこなわれていたと思うことが身内をあつくした。天幕が彼には中世の儀式を形作る黒い幕のように思えた。隆一郎は夢でも見ているように傘をさしたままその絵を見続けていた。

昼間木戸口になっていた幕の奥で話し声がきこえ天幕が揺れた。傘を低めて声の方を見やった。人影は二人だった。この残酷ショーに出ている女達のようであった。女達は左手の木枠を抜け隆一郎の左手から広場に出た。二人ともスカーフで髪を巻き上げ、右手に洗面道具を持っていた。大柄な方の女が歩きながら煙草に火をつけた。その光が二人の女の輪廓を影絵のようにうつし出した。隆一郎は向きをかえた女が近づくのを待った。女はしきりに話をしていた。二人が二米横をすれ違った時突然一人が頓狂《とんきよう》な声を上げて笑った。それに続いて、もう一人の女が笑った。二人の笑い声が広場の闇に広って消えた。辺りは再び静まり返った。女達の声が遠ざかってから隆一郎はもう一度絵看板と暗い幕を見上げた。首を前後左右に回し、それからつけねを二度ほど叩いた。つい今しがたまで暗く重いものを秘めているように思えた幕が、今は平凡な小屋がけの幕としてしか目には映らなかった。妙にしらけた気持だった。一度大きく息をすると柵の前を離れ広場の光の方へ戻り始めた。

一時間足らずで隆一郎は家に戻った。茶の間には誰もいなかった。流しの奥の風呂場で物音がするが声はきこえない。テレビの画像だけがしきりに動いている。奥の部屋から線香の匂いがし、母の低い読経の声が洩れてきた。居間の端で隆一郎は再び着物に着替えた。帯をまわしながら奥の間を覗くと母の後姿が見えた。広い坐布団の上にどっかりと腰を降している。臀の下にハの字型に足先が見える。母は首を反らし仏壇を見上げながら低く呟き続けていた。帯を結び終ると隆一郎は居間のテーブルの前に坐った。テレビには女同士の万才がでていた。二人ともしきりに相手の顔を傷めつけては笑わせていた。

「どこへいってきたの」風呂場からあがり、寝着のままの時子が尋ねた。髪を洗ったらしく、垂れ下った髪で顔の前は見えない。

「一寸布目のところまで……」妻に見透かされているような不安があった。

「お風呂に入ったら」

「うん」生返事をしながら動く気にならなかった。体が妙に弱った感じだった。「睦子は」

「すぐ寝たわ」奥の鏡台の前に坐ったまま時子が答えた。テーブルの上に煙草はあるがマッチはない。立上りかけた時ふと見るとテーブルの右手に黒い塊があった。丁度皿を伏せたように円い。しばらく見視めてから隆一郎はそれに手を触れた。髪の束であった。

指で圧《お》すとやわらかく沈み込むが、指先には細く堅い髪の抵抗が触れた。裏を返すと中ほどにヘアピンが八つぎっしりと並んでいる。髪を洗うまでは妻の頭にあったものに違いなかった。

「おい、なんだ、こんなものを此処《ここ》において」隆一郎は声を荒げていった。

「なによ」わからないといった顔で時子が戻ってきた。乳液をつけた時子の素顔が光っている。

「それだ」隆一郎は不機嫌に顎で髪の束を示した。

「ああ、これ、ヘアピースじゃないの」時子は一寸辺りを見まわし、テレビの脚元に落ちていた箱を取り上げると蓋を開けて、そのなかに髪の束をしまい込んだ。

「睦ちゃんが悪戯して持ってきたのね」髪の納まった箱は宝石箱のように彩色されて美しかった。髪を売る女も、それを買う女も普通ではないと隆一郎は思った。

「ああなんだか喉がかわく、おはぎのせいかね」母が仏間から戻ってきてそういうと急須を取り上げた。時子が立上って茶簞笥から茶筒を出した。時子のスリップから出た二本の太い脚が隆一郎のすぐ目の前にあった。中腰の姿勢で時子はテレビを振返って笑った。テレビは続いて若い女の子が出て舌足らずの声で歌った。茶を一杯呑んでから隆一郎は二階に上った。

スタンドをつけ仰向けになり、思いきり肢を伸した。父の死んだ姿が思い出された。

彼は真直ぐ上を向き両掌を胸に当てて目を閉じた。一寸息を止めてみたが特別息苦しさは覚えなかった。スタンドの光が寝そべった隆一郎の影を廊下側の壁に映していた。雨は次第に激しくなってきていた。その音をききながら隆一郎はふと妻の時子がぺったりと横で腰をおろし、自分に向ってお経を読んでいるような錯覚にとらわれた。その想念は意外に安らかで確かそうに思えた。いやだと思いながら振りきるわけにもいかなかった。一度大きく息をついてからその思いから逃れるように目を開いた。辺りは何も変っていなかった。

隆一郎はその姿勢のまま窓を見上げた。暗い闇のなかで空を横切っている祭りの色電球が揺れているように隆一郎には見えた。

本作はデビュー前後に書かれ、未発表のまま著者本人によって長く大切に保管されていた原稿です。このたび、本作を発表することにしたのは、渡辺文学の変遷をたどる上での資料的な価値があると判断したためです。

〈集英社文庫編集部〉

解　説

楡　周平

私が初めて渡辺作品に接したのは一九七三年、高校一年の夏のことである。

学期末試験が目前に迫った頃、「白い影」というテレビドラマが始まった。普段、テレビをあまり見なかった私が、なぜこのドラマを見る気になったのかは覚えていないのだが、初回を見終えた時点で、たちまち物語の虜《とりこ》になったことは鮮明に記憶している。

翌日には書店に走り、早々に原作本『無影燈』を買い求めたのだが、もはや試験勉強どころではない。あまりの面白さに徹夜で読み終えた私は、翌日また書店に走り、既刊の渡辺作品を全て買い求めた。それがまた、抜群に面白い。以来、遺作となる『愛ふたたび』に至るまで、全作品を読み続けた唯一の作家となった。

渡辺作品に一貫しているのは、人間の本質と普遍性に関しての深い洞察力だが、これは間違いなく、渡辺氏の前職が医師であったことによるものだろう。

たとえば、「葡萄」の中に、「問題なのはこの女性の血管や神経が解剖書どおりに明快な、一般的な走行をしているかどうかということであった」という一節がある。

もちろん、顕微鏡的視点に立てば一つとして同じ個体はないのだが、人体の構造は、臓器の数も機能も、血管や神経の走行も、何もかもが教本と寸分違《たが》わず一致する。医療行為が成り立つのもそのおかげであり、人間は必ず病に罹《かか》り、最終的に死をもって活動を終えるという共通点がある。そして、そこに必ず介在するのが医師である。

「聴診器」を読むと改めて気がつくのだが、医師の仕事は病を治療するだけではない。人間の最後を看取《みと》るのも医師の務めである。

人間は、誰しもが表と裏の顔を持つ。そして、日頃他人に素の姿を晒《さら》すことはまずない。唯一の例外があるとすれば、医師の前である。問診で否定しようとも、検査を行えば生活習慣はもちろん、秘めた行状さえも明らかになる。だから、医師はそこに真の人間の姿、数々のドラマを見ることになる。まして、死期が迫った人間ともなれば、なおさらであろう。

成功を収めた人間は、あくまでも生に執着するだろうし、辛酸を舐《な》めた人生を送った人間ならば、一刻も早く終わりの時を迎えたいと思うかもしれない。

しかし、いずれにしても、死は万人に等しく訪れる。貧富の差、地位や名声も、生前の行いもすべてリセットされる。『無影燈』の中の言葉を引用すれば、渡辺氏は「死がくれば見事になにも無くなる」という視点に立って人間を観察し、考察してこられたのではないだろうか。

渡辺作品に、人間への優しさや愛《いと》おしさ、世間で常識と思われている概念や、権威といったものへのアイロニーを感ずるのもそのせいかもしれない。

「球菌を追え」の中では、不倫した妻から淋病《りんびょう》をうつされ、離婚だと憤る友人に向かって、主人公の医師は、お前は何度も浮気をしているじゃないか。男なら許されて、なぜ女は許されないのかと問う。

「医師求む」では、偽医者と判明してもなお、患者から復帰の嘆願書が寄せられるという筋立てで、医療とは、医師のあり方とは何かを痛烈に皮肉る。

実際、私が知る渡辺氏は優しい人だった。

初めてお目にかかった時期は、はっきりとは覚えていないのだが、場所は銀座のクラブであった。私と同行した編集者が、かつて渡辺氏を担当していたことがあって、紹介してくださったのだ。

その後、何度となくお見かけするようになったのだが、渡辺氏はいつも同じ席に座られていて、私が入っていくと、「よっ」というように手を上げてくださる。それだけでも恐縮していただけに、ある日帰りがけに私の席に歩み寄り、「今度、私の直木賞受賞四十周年を祝う会があるのだが、君も来なさい」と声をかけられた時には驚いたなんてものではなかった。

なぜ、私に声をかけてくださったのかは、いまもって謎のままなのだが、それはさておき、渡辺氏のお人柄を垣間見《かいまみ》た思いがしたのは、このパーティーでのご自身のスピーチである。

「四月の風見鶏」には、渡辺氏が医師を辞め、作家に転じた経緯が書かれている。その際、猛然と反対したのは、夫人ではなく、お母様であったという。

当然であろう。日本には、小説の新人賞と名のつくものが二百はあるといわれる。つまり、新人賞受賞作家だけでも、週に四人程度は誕生していることになるのだが、筆一本で生計を立てている、専業作家は数えられるほどしかいない。作家という肩書きを得られはしても、書けない、あるいは仕事がこない、肩書きだけの「作家」で終わってしまう確率が限りなく百パーセントに近いのだ。もちろん、売れっ子だって書けなくなればそれまでだ。極端にいえば、人生を終えるその時まで、延々と書き、しかも商業的に成り立つ結果を出し続けなければ食べてはいけない世界なのである。

本作品中にも、知人の編集者が「本当に辞めてしまったんですか」と困惑する描写があるが、それは当時もいまも同じである。大きな新人賞を受賞した「作家」にでさえ、まず編集者は、「絶対にいまの仕事を辞めたらだめですよ」と釘《くぎ》を刺す。

しかし、お母様の不安は杞憂《きゆう》に終わる。僅か一年後には、「光と影」で直木賞を受賞し、文壇のスターダムへの階段を一気に駆け昇っていく。その後の活躍はご存知の通りであるのだが、作品の最後の一行に、「この四月の不安は、私の作家としての原点であり、作家を続けるかぎり、いつまでも心の片隅に棲《す》みついて、離れない怯《おび》えなのかもしれない」とあるように、この短編を書かれた時点では、作家としての将来に、一抹の不安を抱かれていたのだろう。

東京會舘で開かれたパーティーは盛大なものだった。名だたる作家、出版社役員、編集者、各界の名士たち。数々の文学賞を受賞し、多くの大ベストセラーを世に送り出した大作家を祝うにふさわしい、それは華やかなものだった。

だから、渡辺氏がスピーチの最後に、「この姿を、お母さんに見せたかった」と声を震わせた時には驚愕《きょうがく》と同時に、作家という職業の厳しさを改めて思い知らされた気がした。作家に転じて僅か一年で直木賞。たちまちのうちにベストセラー作家となり、映像化された作品も数多い。ご子息の活躍ぶりを見れば、さぞや安心なされたであろうに、渡辺氏の中では、受賞四十年を経てもなお、ご存命の間にお母様を安心させることができなかったと考えておられたのだ。そして、それはご自身が、四月の不安を抱き続けてきたことの証《あかし》ではなかっただろうか。

もちろん、いまとなっては確かめようがない、私の勝手な推測である。そして、確かめようもないといえば、もう一つ、私の中で渡辺氏の謎となって残っているものがある。

ある時期を境に、渡辺氏が医者の世界を題材にした作品を一切書かれなくなったことである。

医療の場を舞台として、素晴らしい作品を世に送り出した渡辺氏が、なぜ突然書かなくなったのか。

渡辺氏を担当していた編集者に訊《たず》ねてみたことがあるのだが、「医療の現場を離れて長いから、わからないことが多くてね、とおっしゃっていました」という。

渡辺氏が大学病院をお辞めになった経緯は、「四月の風見鶏」にあるように、当時講師を務めていた札幌医科大学で行われた心臓移植を題材にした小説を公表したのが発端なのだが、実はその執刀医である和田寿郎教授本人に、私はお会いしたことがある。

臓器移植をテーマにした小説を書く上で、詳しい人に心当たりはないかと知人に依頼したところ、紹介されたのが和田氏であったのだ。

都心のホテルの会員制サロンで、一対一でお目にかかった和田氏は、挨拶を交わすやいなや、臓器移植に対する持論を延々と述べ始めた。その中で、渡辺氏が医者ものを書かなくなった理由をこう明かしたのだ。

「彼はね、僕の前で二度と医者ものは書かないといったんだ。だから僕は彼を許したんだよ」

渡辺氏に、真偽を訊ねる度胸などあろうはずもなかったし、和田氏もすでに鬼籍に入られた。これもまた、真相は永遠の謎となったわけだが、本書の解説として最後にもう一つ触れておかなければならないことがある。

本書に収録されている短編「祭りの日」は、今回初めて公表される渡辺氏の未発表作品である。医者ものであるところからすると、だいぶ昔に書かれたもののようだが、なぜ生前にこの作品を公表なさらなかったのだろうか。

もちろん、作家なら誰しもが習作、あるいは発表するに値せずという原稿はあるものだ。それがいまになって「未発表作」として公開されるのは、もはや新作を読むことが叶《かな》わなくなった大作家であればこそのことである。ファンとしては嬉《うれ》しい限りだし、渡辺文学を研究する上でも貴重な作品ではあるのだが、泉下に眠る渡辺氏はどう思われているだろうか。私には「書かれざる脳」の主人公、鶴川教授に渡辺氏の心情を重ね見る思いがするのだが、いかがだろう。

（にれ・しゅうへい　作家）

本書は、一九七九年十二月、文春文庫として刊行された『四月の風見鶏』に、未発表作品の「祭りの日」を加えて『医師たちの独白』と改題したものです。
単行本　一九七六年十二月　文藝春秋刊

初出
四月の風見鶏　「オール讀物」一九七四年六月号
聴診器　「小説新潮」一九七二年六月号
球菌を追え　「小説現代」一九七三年七月号
葡萄　「小説新潮」一九七一年十月号
小脳性失調歩行　「小説現代」一九七二年十一月号
医師求む　「小説新潮」一九七五年七月号
書かれざる脳　「小説新潮」一九七五年三月号

※著者独自の世界観や作品が発表された時代性を考慮し、地名、数字、固有名詞、職名、社会制度等は、執筆当時のままとしています。

渡辺淳一の本

仁術先生

東京・向島の個人病院に勤める円乗寺先生。下町の人情が残る街を舞台に、わけありの患者たちとの交流を描く、ユーモアにとんだ心温まる医療短編集。幻の未刊行作品を文庫化！

集英社文庫

渡辺淳一の本

花埋《はなうず》み

明治初期、かたくなな偏見と障害を乗り越え、日本最初の女医となった荻野吟子。その数奇な運命に満ちた愛と苦悩の生涯を医師出身の著者が、情熱と共感をもって描いた評伝小説。

渡辺淳一の本

男と女、なぜ別れるのか

時代がかわっても男女の本質は変わらない。男女小説の大家・渡辺淳一が指し示す、男女の根本的な違いと、お互いを理解する方策とは。人間関係を円滑にするヒントが満載！

集英社文庫

医師《いし》たちの独白《どくはく》

2018年6月30日　第1刷　　定価はカバーに表示してあります。

著　者　渡辺淳一《わたなべじゅんいち》

発行者　村田登志江

発行所　株式会社　集英社
東京都千代田区一ツ橋2-5-10　〒101-8050
電話　【編集部】03-3230-6095
【読者係】03-3230-6080
【販売部】03-3230-6393（書店専用）

印　刷　凸版印刷株式会社

製　本　加藤製本株式会社

フォーマットデザイン　アリヤマデザインストア　　マークデザイン　居山浩二

ISBN978-4-08-745754-4 C0193